# 辺境の路地へ

上原善広

河出書房新社

辺境の路地へ

◉

目次

装幀――山元伸子
写真――上原善広

# 辺境の路地へ

# 一　八戸の女

　すでに顔馴染みとなった「わが家」という居酒屋に顔を出すと、女が待っていた。女の顔は青白く、目だけがぐっと出ていた。

　その日、店主であるママはいなかった。バイトの女の子と障害者の男が店を手伝っている。店を手伝うといっても、男は手や足が不自由なものだから、女の子が店を主に切り盛りしているので、そうたいしてやることもない。六人も入れば満席になる小さな店の中で、おでん鍋を時々、かきまわしている。それに震える手で熱燗を出すものだから、客が気を遣って立ちあがって受け取る。

　どこでもそうだが、知らない場所に行くと、大体は馴染みの店をつくるようにしている。「わが家」もそんな店で、誰の紹介もなく一見《いちげん》で入ったのだが、ママの気風の良さが気に入り、私はそこに入り浸るようになっていた。ママがいなくても平気でふんぞり返っているから、バイトの女の子もママの知り合いかと、気を利かせて愛想が良かった。

初めて八戸に来たときのことは今でもよく覚えていて、八戸駅の周囲に呑み屋も何もないのに唖然としたものだ。仕方なく入った居酒屋は、煮物も冷え切ってつまらなかった。しかし客の一人が「阪神タイガース」のことを「はんすんタイガース」と訛って話していたので、自分はとうとう青森に来たのだなと思ったことを覚えている。その夜はビジネス旅館とは名ばかりの、鍵のついてない部屋で眠った。

八戸はもともと、駅周辺には何もない。私が降りたのは新幹線の八戸駅で、これは新しい駅なので周囲は民家しかない。本八戸駅が中心部の最寄り駅となるが、この駅の周辺もまた何もない。本八戸から二〇分ほど歩くと、ようやく八戸の繁華街に出る。

それがわかったのは、二度目に八戸に来てからだ。八戸は寂れているようでも城下町だったので、城跡を中心にして町が広がっているため駅周辺には何もない。これは八戸だけでなく、城下町ならたいていどこでもそうだ。

以来、私はおそらく一〇回以上は八戸を訪れている。取材で来たのだが、何のあてもなく来ていたので、とにかく通って馴染みをつくらないことには手掛かりがつかめなかった。昼間は図書館で調べ物をして、夜はただ呑み歩くだけ、という日もあった。

しかし私にとって、八戸はどこか惹きつけられる町でもあった。そうでなければ、いくら取材の手掛かりがないからといって、そうそう何度も通えなかっただろう。

私が初めて八戸を訪れたのは二〇〇〇年頃だが、それ以前の寂れようはもっとひどかったらしい。私が二度目に訪れたとき、八戸市は繁華街の活性化をはかって「みろく横町」という小さな路地裏をつくっていた。ここは以前流行った「屋台村」みたいなもので、だいたい六、七人が入れるような小さな店が密集しており、私のような一見客が入るのに便利なところだ。東京でいうと新宿のションベン横町やゴールデン街に似ている。

そこへ毎日通うようになり、馴染みの店ができるようになった。「わが家」もそんな店で、私は今も、八戸にくると必ずこの店に寄るようにしている。後日、私の取材が数日で片がつくようになったきっかけも、実はこの「わが家」のママの伝手《つて》のおかげだった。

店で待っていた女は、私が席につくと「お腹すいてるの」といって、せんべい汁を注文した。

私は、せんべい汁などというものは観光客が食べるもので、地元の人間が今も食べているとは思わなかった。しかし泣いた後のような顔で、無心にべしょべしょに汁を吸ったせんべい汁をすすっている女を見ていると、一人で待たせていたのが悪かったような気がして、私は出された酒を何度も猪口についであおった。

私が二度目に八戸を訪れた際に泊まったホテルで、マッサージを呼んだ時に来たのがこの女だった。

その日はとつとつと雑談しただけだったのだが、二、三日してから呼ぶと、またこの女がきたのである。また何気なく話していると、今夜は私が最後の客だという。そこで私が冗談半分に「じゃあこの後、呑みに行かない」と誘うと、「いいですよ」と、女は答えた。

その夜は二軒ほどの店をまわったが、それからというもの、私は八戸を訪れるたび、自然とこの女に連絡をつけて呑みに出かけることになった。

私が定宿にしていたのは安いビジネス・ホテルだったが、女が「このホテルは受付が玄関にあって外から入りにくいから、Uホテルに変えて。そしたらいつでも私、入れるから」と言うので、それからはUホテルが私の定宿になった。このUホテルは東京にも支店を出し、近年までわりに手広くチェーン展開していたが、数年前にホテル部門から手をひいてしまって今はない。

マッサージの客が少ないと聞いたときは、わざわざ指名してホテルに呼んだこともある。女は私の部屋に来るなり、「はあーッ」といって、私の横にドサッと横になった。

「あのさあ、一応、君をマッサージで呼んだんだよ」

「今日は疲れたの。とっても」

「そうか。まあ、じゃあ、しょうがないね」

私はマッサージ代金の四五〇〇円が惜しくなり、咄嗟に女をベッドから蹴り落としたい衝動に駆られたが、仕方なく女としばらく横になっていた。

いつも会うのは深夜の暗い居酒屋ばかりだったので、明るい電灯のもとで女の顔をまじまじと見ると、ＮＨＫで放送しているアニメに出てくる「うすいさちよ」という女にそっくりだと思った。しかし肩幅はがっしりとしていて、身体はどちらかというと豊満だが乳房は小さく、指は節くれ立った形のまま曲がっており、まるで男の手のようだった。そして顔は左側が崩れたようになっており、ぐっと出ている眼球もあらぬ方を向いていた。

なぜこのような醜女《しこめ》に興味をもつのか、自分でもよくわからなかった。最初は八戸という土地を、さらに深く感じることができるだろうと思い、面白半分で付き合っていたのだが、こうして何度も会っていると、どうもこの女そのものに興味が向いてきてしまったようだった。私は頼んだマッサージもせず、豚のように寝転がっている女をただ見ていた。

その夜も「仕事、終わったよ」と女から連絡をもらったのだが、私は四五〇〇〇円の怨みもあって、意地悪をして三〇分ほど遅れて行ったのだった。女はすでに少し酔っていた。そして初めて、身の上話のようなことを話し始めた。

「私ね、実は結婚してたのよ」

「そうか」

「まだ、ちゃんと離婚してないけど」

自分は岩手で所帯をもっていたのだと言った。私はそれよりも「なんだ、君は八戸の出身じゃないのか」と訊ねた。

「私、北海道の人間。知らないと思うけど、留辺蘂《るべしべ》っていう小さな町」

「その町、知ってるよ。そうか、君は留辺蘂の人間か」

明治から大正にかけて、北海道の旭川から網走までの道路を通す大工事の際に、網走刑務所の囚人が大量に投入された。高倉健主演の映画『網走番外地』は、あの当時のことを描いている。

当時のことだから囚人の管理が悪く、鎖の手枷足枷を付けられたまま、次々と囚人たちは倒れていった。そして行き倒れになった囚人は、その場で他の囚人たちの手によって埋められたのである。

だから今でもその道路端を掘ると、鎖を付けたままの人骨が出土するという。さらに留辺蘂の近くには、同じように酷使し生き倒れた人夫を、人柱として埋めた鉄道トンネルもある。私はそこを取材したことがあったので、留辺蘂という、アイヌ語で「道に沿って下る川」という由来をもつ、特殊な土地の名を知っていた。

しかし留辺蘂という土地の名を私が知っていたことを、女はまったく意外に思っていないようだった。留辺蘂という、どこか悲しげな名の町に生まれたことなど、女にとって、どうでもいいことなのかもしれなかった。

「それが、どうして岩手に行ったの」

「就職先が岩手だったの。それで今の彼と出会って、結婚したんだけど、姑に苛められて、彼に暴力振るわれてたの。それまでは我慢してたんだけど、あの人、違う女をつくって、家に引き込むようになったの」

「君のいない間にか」

「ううん、居る時もよ」

「居る時もか。君は怒らないの」

「怒ったけど、また殴られたり乱暴されるだけだから言ってもしょうがないし。それからちょっとして、仕事から帰ってきたら、その女の荷物が置いてあって、私の荷物は隅にまとめて置いてあったの」

「それで家を出てきたのか」

「そう。さすがに私も我慢ならなくなって、一度私が出て行けば彼も後悔するだろうと思って、八戸に出てマッサージ始めたの」

「マッサージは岩手でもやってたの」

「ううん、こっち来てから。この仕事は寮があったから」

「じゃあ、またいつか岩手に戻るっていうのか」

「どうしようかなあ。とりあえず今は、彼からの連絡を待ってるところ」

「しかし、そりゃ駄目だよ。別れた方がいいよ」

「みんな、そう言う」

「そりゃそうだ。普通は別れる」

「だけどまだ、彼は私のこと待ってると思うんだ」

このように不幸な方へ、不幸な方へと導かれながらも、当人はちっともそう思っていない人を、私は何人か知っている。しかし女は、どうしてそのような男を待つことができるのか。そのような男が、どうして自分を待っていると思うのか。私にはわからなかった。

「あの人、いま絶対後悔してると思うんだ。あんな女なんかと一緒にいて」

私は何も言えず、黙ってしまった。

「あの人、まだ私のこと、好きだと思うんだ」

この女はもしかしたら、誰からも愛されたことがないのかもしれないと思った。私はさらに杯を重ねた。

黙ってしまった私に、女が声をかけた。

「ねえ、東京からこっちに住もうと思ったことはないの」

「東北は好きだけど、仕事で来てるだけだからね。そりゃあ、将来は田舎に住みたいとは思ってるけど」

「じゃあ、私と一緒に住んでみない」

「君と住むって、八戸で?」

「ううん。実は私、内緒で札幌に家を買ってあるの。小さいけど、まだ新築なの。だからそこに一緒に住まない」

私は思った。この女はなぜいつも、このように堕ちていこうとするのだろうか。数えるほどしか会っていない、行きずりの他所《よそ》の男に、最北の地で買った家で所帯を持とうなどという考えを、どうして口にできるのだろうか。よしんばそうなったとしても、とてもうまくいくようには思えない。

しかし、女はもしかしたら、それを自ら望んでいるのかもしれない。そう思うと私は、女の提案が面白くなってきた。

それもいいのかもしれない。

どうせ物書きなぞ、いつまでも食えるものではない。最北の地でこの女を働かせて、自分は家で原稿を書く。ノンフィクションは取材しなければならないが、自分の好きなテーマで取材し、そして掲載されるあてのない原稿をただ書いているのも悪くない。

「それも、いいかもしれないな」

女と所帯をもってもよい、と私は思った。

「ね、そうしよ」

「ぼくはしかし、稼ぎがないよ」

「大丈夫、私が働くから」

「じゃあ、その代わりぼくは料理が好きだから、家で毎回、料理つくって待ってるよ」

「私、料理できないから、面倒だったらコンビニでもいいよ」

「うん、そうだな。その時はそうしよう。今の仕事はいつでも辞められるのか」

「一か月前に言えば大丈夫。一度、岩手に戻って荷物とってくるから、そしたら引っ越せばいいだけ」

「しかし、札幌に君に合う仕事があるかな」

「私、マッサージできるから、どこでも大丈夫よ」

私は決心した。東京には付き合っている女がいたが、誰にも知られずそこから蒸発するのだ。どうせ東京に帰っても狭いアパートの一室暮らしだ。こうなったら、この女といけるところまで堕ちてみたい気がしてきた。最北の地で、女に寄生して生きていくのも悪くない。

冷めきったせんべい汁を残したまま会計を済ませ、女と連れだって店を出た。男のようなごつごつとした乾燥した手で、女は嬉しそうに私の手を握った。みろく横町の出口までくると、私たちは互いに連絡することを約束して別れたのだった。

それ以来、私は女と連絡をとっていない。

# 二　怨念のニレ

初めて北海道に行ったのは中学生の時、母とその愛人と三人だった。バスのツアー旅行で、ルートは札幌から中山峠を越えて函館へ行き、戻りは白老《しらおい》でアイヌたちを見学、それから登別温泉で一泊というものだった。この初めての旅のことは、ほとんど印象にない。

しかしそれ以後、私は一人で二十数回にわたって北海道に通っている。夏も好きだが、特に冬が良い。

厳寒期は、スキー場以外はたいてい人が少なくて、何もかもが白く清潔だ。襟裳岬の雪は口に入れてもおいしく、室内は二四時間暖房を炊いているのでTシャツ一枚でのんびりできる。最近は燃料代が高くなってしまい、それもままならないと聞いているが、私の知っている北海道は、夏も冬も暖かかった。

学生時代に自転車と徒歩で三回、北海道を縦断している。自転車はかなり自由が利くのであちこち回ったが、徒歩では夏と冬に二回縦断したことがあり、夏は稚内空港から函館、冬は最北の宗谷岬から襟裳岬まで、歩くスキーを履いて縦断している。

どうして徒歩でいこうと思ったかというと、自転車よりもさらにゆっくり回れるからである。延々、散歩をしているようなものだ。後に車で道内を一周したことがあるが、この時は二泊三日ほどかかっている。

だから北海道といってもかなり広いが、中でも私が好きなのは道北である。

青森の八戸もそうだが、道北の地名も独特な読み方があり、それがまた少年の私に、北方への憧れをかきたてた。猿払、天塩、初山別には特に思い入れがある。それぞれサルフツ、テシオ、ショサンベツと読むが、どれもアイヌ語にルーツをもつので、どこかおかしくて、寂しげな響きをもつ。

この道北だけでも記したいことは沢山あるが、特に「怨念の楡《ニレ》」については、とても小さな出来事だったが、強く印象に残っている。

私が学生時代の時だから、もう二〇年以上前のことだ。稚内から徒歩で南下していた私は、やがてT町に入った。現在は人口が約三四〇〇人とあるが、私が訪れた頃は人口四〇〇〇人を数えていたので、あれから五〇〇人余りが減ったことになる。どこにでもある、過疎化がすすむ小さな漁港町だ。

この「T」という地名の由来は、アイヌ語で「ヤナ（魚の獲るための仕掛け）がいくつかある」、つまり「魚の仕掛けがある所」という意味だった。ここはT川の河口にあるので、そのように名付けられたのだろう。

明治以前まで、もともとTのアイヌはサハリンとのつながりもあり、広く交易をおこなっていたという。和人が侵出し始めると、和人の本拠地であった函館近郊にある松前を行き来し、明治以後は林業と漁業で発展した。

しかし、現実には安政四年（一八五七）に、箱館奉行所が「最もアイヌ酷使の甚だしい場所」としたように、Tアイヌたちは和人により、徐々に衰退の一途を辿る。

近代のアイヌの悲劇はよく知られているが、ニブフ（ギリヤーク人）やウィルタ（オロッコ人）たち北方少数民族は、逆にアイヌの圧力のため樺太南部から撤退している。彼らはアイヌよりもさらに人口が少なかったのが一因だ。それをもって和人の侵出を全肯定するわけではないが、古代からさまざまな民族が抗争を繰り広げてきたのは世の常であるといえる。

日本人の興味深いところは、アイヌや朝鮮人など他民族を、無理にでも同化させようとするところだ。アメリカやロシアなどの多民族国家では、さまざまな人種、民族がそのまま共存している。差別や偏見がないことはないが、当たり前のこととして特別注意はしない。

しかし日本人は常に同化、つまり「日本人にしてしまおう」とする。朝鮮半島でも中国でも、彼らを日本人化しようとしている。普通は差別し、区別して終わりだ。同化させようとはしない。これは傲慢であるが、一方で残酷なほど律義ともいえる。

しかし、結果的にこの手法が軋轢を生み、日本国内ではその出自をタブー化してしまうことになってしまう。つまり日本国内では他民族を差別するため、少数民の多くは出自を隠してしまう傾向が強い。「日本は島国だから」という人もいるが、サハリンも島なのに多民族が当たり前である。これは日本人のアイデンティティーがそうさせるのだろう。

だから日本では、アイヌは目に見えない存在となっている。公表しているのはアーティストや活動家など一部だけで、アイヌの圧倒的多数はその出自を隠している。またアイヌの多くは仕事を求めて関東近郊に移住しているが、ほとんどの日本人はその事実を知らない。


稚内から徒歩でT町に着いた二〇歳の私は、食堂でラーメンを食べ、そのままT町を通り過ぎた。もはや夕刻だったので、その日は道端で野宿するつもりだった。宿賃が心もとなかったからである。

歩いていると、道端に白い看板が立てられていた。そこには「怨念のニレ」と書かれていた。

何となくその不気味な看板に立ち止まり、その説明を読んでみた。

――その昔、アイヌの娘（妊婦だったかもしれない）が和人の手によってここで惨殺された。

それ以来、ここにある楡の木を切ろうとすると不慮の事故が起こり、どうしても伐採できないで今に至る――

そのようなことが書かれていた。

確かにその看板が立てられている楡の木は、空に向かって伸びる枝葉が道路にまではみ出していた。道路に伸び放題の枝葉は、ダンプやトラックなどの大型車に削られているようで、邪魔というほどでもない。しかしそこだけが道路にはみ出しているので、ちょっと奇異に見えなくもない。ただし、注意して見ないとよくわからない程度だ。

その時、私はそのような悲惨な過去に思いを馳せ、少しの間、手を合わせてから静かに立ち去った。

このようなアイヌの悲劇は、北海道では珍しくない。その気になって探せば、もっと沢山出てくる。北海道は日本でも有数の観光地だが、その陰にはアイヌの怨念がそこかしこに埋もれ沈澱している。観光地として華やかであればあるほど、そうした過去はさらに陰影を濃くして深淵となる。

しかし「怨念のニレ」は、その時は特に注意を引くようなものではなかったものの、年とともに私の中で忘れがたいものとなっていった。帰ってから調べてみたのだが、詳細が全くわからない。ネットでも探してみたのだが、ほとんど情報がない。それで気になりつつも、いつか再訪すればよいと思っていた。

それからも何度か道北には赴いていたものの、どちらかというとT町のある日本海側よりも、猿払などオホーツク海側を訪れることが多く、なかなかT町に行く機会がなかった。

私がサロベツやTに行ったことがあるというと、オホーツク海側の人たちから「あそこはアイヌが多いから、アイヌを見に行ったのだろう」と言われた。私はそんな事実を知らなかったので、さらに訪ねたい思いに駆られた。

初めて訪れてから一〇年ほど後の夏、私は再びT町を訪れる機会を得た。

二〇〇二年、稚内市に住む飲食店従業員の女が、夫を殺害。遺体は自宅一階台所にあった冷凍庫内に四年半余り保管され、その間、女は夫の遺体と暮らしていたという事件が起こったのだ。

近所の人には「夫は女をつくって家出してしまった」と話していたが、その後、女は転居。冷凍庫付きの民家は地元不動産業者に売却された。不動産業者が、台所の冷凍庫を稚内市内の空き地に投棄する際、強い異臭がするため中を確認したところ、最初に人間の足が見え、さらに体を折り曲げた状態の遺体が見つかったのである。

その取材を稚内でしていた私は、ふと、ここから近いT町の「怨念のニレ」をもう一度訪れたいと思い、同行していた編集者やカメラマンに断り、一人レンタカーに乗り込んだ。Tは稚内から五〇キロほどあるが、途中に信号がほとんどないので、本州ほどは距離を感じさせない。
ちょっと嬉しかったのは、レンタカーのナビに「怨念のニレ」が出ていたことだ。もうこの頃には地図にも載っていなかったので、場所が不確かだったのだが、古いナビだったので載っていたのだ。運転しながら看板を見つけるしかないと思っていたので、これは幸運だった。

一〇年ぶりの海沿いの道は、風力発電の白い大きなプロペラが回っているくらいで、そう変わっていない。近くには石油が混じった珍しい豊富温泉があり、肌に良いということで、多くの皮膚病患者が湯治に来ていた。湯治客と一般客は別の浴槽に入る。

ようやく「怨念のニレ」のある所に来たのだが、おかしなことに、一〇年前にはあった看板がどこにも見当たらない。ナビには出ているのだが、その場所に行っても何もない。ナビが間違っていることも少なくないので、私は注意しながら何度か往復してみたのだが、やはり見当たらない。

ナビにも出ているし、私も見たことがあるのに見つからないのは、どうもおかしい。私はちょっと意地になり、最寄りの民家で訊ねることにした。出てきたのは眠たげな主婦で、「知らない」の一点張りだ。その隣の家で訊いても、「知らない」と言うばかりだ。

仕方ないので、そこからまた少しばかり行った民家にも訊ねた。この辺りは民家が少ないので、隣に行くのも一〇〇メートルくらいある。出てきたのは、学校から帰ったばかりの中学生だった。

「この辺りに『怨念のニレ』というのがあったはずなんだけど、知らないかな」

こうなったらわかるまで調べてやると思っていたのだが、少年は「えーと……」と思い出すように言った。

「あの木だと思います。あの、枝が道路にはみ出してる木です」

「昔、看板が出ていたけど、もう無くなったのかな」

「さあ、それは知らないです。あったような気もするけど……」

とにかく場所はわかった。私は礼を言い「怨念のニレ」へと向かった。少年が指さした所は、車を置いて歩いて行けるほど近かった。

そこは雑然とした森で、楡の木がいくつか立っていた。確かに通りがかるだけでは、この「怨念のニレ」は探せないだろう。私はようやく見つけて、少し感慨深く思った。

楡にはいろいろな種類があるのだが、木材として使われるのはハルニレという種類だ。本州にもあるが、道内のいたるところに自生しており、日本では建材として北海道産がよく使われたという。樺太やシベリアにも自生している。

特徴は枝を広げて伸びてゆく点で、高さは三〇メートル、直径一メートルほどに成長する。切ると断面はまっすぐに粗めの木目で粘り気があり、非常に堅いので割れにくい。そのため加工するには高度な技術がいるのだという。

伐採しようとして不慮の事故が相次いだのは、おそらくこの堅く加工しにくい材質が原因の一つでもあるのだろう。見た目にはゴツゴツした凹凸が目立つ木皮で、太いこともあり、いかにも堅そうだ。確かに謂《い》われを知っていると、木皮に深く刻まれた皺の一本一本に、怨念が宿っているようにも見える。

私は一〇年ぶりに訪れた楡に手を合わせ、車に戻った。

しかし、それにしても、どうも気になる。

「知らない」と答えた住民が、迷惑そうな、困惑した顔をしていたからだ。長く取材を続けていると、その人が嘘をついているかどうか、何となくわかるものだ。何より私の方は事実を知っていて訊ねているのと、年配者など知っているであろう人たちに訊いているのである。この場合は近所の人だったし、古い民家だったので長年住んでいる住民のはずだ。

私は稚内には戻らず、そのまま車をT町の中心部に向け、役場を訊ねた。時計は午後四時半を指していたので、私は急いで役場に入った。

まず観光課の窓口に向かった。そこで知らないと言われたら、さらに心当たりのある窓口に行こうと決めていた。

「あの、この近くにあった『怨念のニレ』のことなのですが、以前は確か看板があったと思うのですが、どうして今は看板を外してしまったのでしょうか」

四十代くらいの係の女は、困ったような顔をして言った。

「確かに以前はありましたが、今はもう撤去して無いんです」

「やっぱり、アイヌの人たちが関わっているからですか」

「……そうですね。そういう事件があったのは事実のようですが、忌まわしい過去のことで、観光客にもマイナスイメージを持たれるということで、地元ではもう撤去しようと……」

「Tにはアイヌが多い」と聞いていたので「それは本当ですか」と訊ねた。

「おっしゃる通り、Tにはアイヌの住民の方が多いですが、それはあまり公にはしていません。そうした事情もあって、過去の悲惨な出来事だということもあり、数年前に撤去して、今は公表するのを止めました」

後に調べていてわかったのだが、本州ではアイヌというと一括りにしがちだが、広い北海道に暮らしているだけあり、道内でも地域によってそれぞれ文化も言葉も違う。

例えば札幌、千歳近辺のアイヌは「どこから」を「フナㇰワ」と言うが、十勝(北海道東部)では「オノン」と言う。私の体験としても、北海道の特産として知られる行者ニンニクも、南部の二風谷《にぶたに》あたりでは「キトピロ」と呼ぶが、阿寒湖辺りでは「プクサ」と呼ぶ。また宗谷地方(道北)のアイヌ語は、樺太(サハリン)のアイヌ語に近いという。

また私が体験した範囲では、白老や阿寒湖、二風谷のアイヌはわりと出身を隠さないように思う。それは木彫りなどを生業とし、アイヌの土産として商いをしているという事情もあるが、地域で暮らす集団の性格に起因しているように思う。

道北にいると、アイヌの存在を感じることがほとんどないのは、道内でもかなり強く隠す傾向があるためだという。確かに道北では木彫りの民芸品を見ることもないし、「サロベツというとアイヌが多い」とは地元の人から聞いていたが、資料館なども皆無で、一見の旅行者がアイヌの文化に触れることはほとんどない。そのため樺太アイヌに近いと言われるアイヌ語の収集もままならず、道北ではアイヌ文化自体が消え去ろうとしている。

アイヌといっても、本州の和人との混血が進んだ現在、アイヌがアイヌであろうとするには「本人の意識次第」という時代なのだろう。本人が「自分はアイヌだ」と思うのなら、少しでもアイヌの血が流れているのならアイヌなのである。いや、べつにアイヌの血が流れていなくとも、本人がそう言うなら、アイヌになれる時代なのかもしれない。逆に自分はアイヌではない、またはそのような意識すらないと言うなら、それもまたその通りなのかもしれない。

「やっぱり、そうした歴史を残すと軋轢があるからですか」

「そうですね。もう、そういう時代ではないというか、アイヌの方とそうでない方との垣根を取り払う、という意味もあると思います」

確かに、過去のアイヌたちの迫害の歴史を声高に叫ぶような時代ではないのかもしれない。しかし、どのような理由であれ、一つの史実を消し去ってしまうということについて、何かそう簡単には割り切れない思いがした。

「しかし、それにしても、残念ですね」

「そうですよねえ。こちらとしても、難しいところなんです」

私は礼を言い、役場を出た。

道北のアイヌ文化は、その言葉を含め失われつつあるが、怨念のニレの一件は、私にそれを可視化させたのだと思う。残念なような気がするが、それが道北のアイヌたちの決めたことなら、私のような旅人がどう思っても、それは詮ないことなのだと思うようにした。

Tは、私が一〇年前にラーメンを食べた時とあまり変わっていない。何となくうら寂しい、灰色の町である。

# 三　八甲田の幽霊

初めてその話を聞いたのは、東京に住む知人からだった。

「青森を旅行していたとき、八甲田山にあるドライブインに入ったんだけど、茶店のおばさんに、この辺りであった大量遭難事件のことを聞いていたんだ。そしたら、ここら辺には死んだ兵士の幽霊がいっぱい出るって話になって、さらに一〇年ほど前に『白髪発狂事件』というのがあったと言うんだよ。『なんですか、それ』って聞くと、おばさんに『あんた、この話を知らないのか』って馬鹿にされたんだけどね」

「八甲田大量遭難事件」というのは、明治三五年、大日本帝国陸軍の青森第五連隊が冬期の雪中行軍訓練中に遭難、一九九人の犠牲者を出すという歴史的大惨事となった事件のことだ。

遺体捜索は翌春までかかったという、現在でも語り継がれている未曾有の遭難事件で、高倉健の主演で映画になったことでも知られている。ちなみにこの時の撮影は過酷を極め、長期間に及んだ。高倉は一つの映画を受けると他の映画出演を断っていたため、生活に困窮することになったという話も残されている。

それはともかく、一〇〇年以上たって、その遭難にまつわる一つの〝幽霊事件〟が、本州最北の地に静かに起こっていたことになる。知人は、東北で偶然、その大量遭難事件に関係する幽霊事件のことを聞いたのだった。

その幽霊話の話を要約すると、次のようなものだった。


――今から一〇年ほど前、ある男女の二人連れが深夜に八甲田へドライブに来て、「銅像茶屋」で休憩していた。そして女が便所へ用足しに行っている間、男は一人、車の中で待っていた。この辺りは遭難事故のあったところで、青森の人なら知らない人はいないほどだから、一人で待っていると薄気味が悪い。

すると、どこからともなくザッザッという軍靴が行進するような音が、車の中にまで聞こえてきた。気が付くと、男の乗った車は、八甲田で遭難した兵士たちの幽霊に囲まれてしまっていた。驚いた男は、恐怖のあまり、女を便所に置いたまま、慌てて自分だけ車で逃げてしまった。

翌朝、男は心配になり戻ってみた。しかし周囲には誰もいない。そっと女子便所をのぞいてみると、女は便所の片隅で発狂しており、髪は恐怖のあまり一晩で真っ白になっていたという。その後、女は近くの精神病院に入院した。その女は、いまから二、三年前に亡くなってしまった――

「銅像茶屋」とは、大量遭難事件の追悼のために建てられた、兵士の銅像があるドライブインのことだ。

知人はこの話を聞いた時、そんな馬鹿なと思ったが、茶店のおばさんがあまりにも真剣に訴えるものだから「もしかしたら、本当にあったのかもしれない」と思ったという。

この話を、私が初めて聞いたときは「よくできた怪談話だ」としか思わなかった。しかし知人は「馬鹿にするかもしれないけどさ、売店のおばちゃんは本当に信じてるみたいだったから、機会があったら調べてみたいよね」と話した。

半信半疑だったものの、幽霊に興味がないといえば嘘になる。だから「そうね、機会があれば……」と曖昧に答えておいた。この話は、これで終わってしまうはずだった。

しかし、思わぬところで改めてこの話を聞くことになる。

最初に知人からその話を聞いてから一年ほど経った夏、私は八甲田にある酸ケ湯《すかゆ》温泉に一人、湯治の旅に出ていた。このとき、ついでに八甲田大量遭難事件の跡も巡ることができるだろうと思い、新田次郎の『八甲田山死の彷徨』（新潮文庫）などの本を持ってきていた。

レンタカーで酸ケ湯、銅像茶屋から青森方面に山を下りていくと、亡くなった兵士たちの遺体安置所跡地が残されている。看板もあって、ちょっとした観光地になっているので、何気なく私も写真を撮っていた。

すると一人の老人が出てきた。ここを管理しているのだと言う。私が非礼を詫びると、その老人Kさんは「いいよ、いいよ。たくさん撮ってください」と気さくに言った。

そして話は自然、遭難当時のことになり、私も興味深くその話を聞いていたときのことだ。凍った大量の遺体をここに保管し、解かした遺体から里に下ろして行くので大変だったなどという話を聞いた後、私はふと、遭難した軍人たちの幽霊が出たという「白髪発狂事件」のことを思い出した。

その話をすると、Kさんは気の毒そうな顔でこう言った。

「ああ、あの女の子か。最近、亡くなったんだってなあ。気の毒なことをした。すぐそこの病院に入院してたんだけど」

「えっ、あの話って本当なんですか」

驚いて尋ねると、Kさんは「そうだよ」と、強く肯定したのだった。ぼんやりと記憶していた一つの噂話が、確たるものとしてよみがえった瞬間だった。具体的な病院名まで語るKさんの断言は、とても嘘を言っているようには見えなかった。

この話は、東京に戻ってからもさらに追いかけてくることになる。

東京で偶然はいった小さな寿司屋の板前さんは、話してみると青森県出身であった。私は

「馬鹿々々しいことなんだけど……」と、板前さんにこのKさんの話をした。

するとこの板前さんも、この話をよく知っていたのである。

「その話ならオレもよく知ってますよ。青森じゃあ、知らない人はいないほどですからね。だけどもっと古い、二〇年くらい前の事件じゃないですかね。本当にあったことです」

彼もそう断言するのだった。

こうして最初は馬鹿々々しいと思っていた一幽霊話は、私の中でにわかに信憑性を帯びることになったのだった。

事件なのだとしたら、過去の雑誌などにも掲載されているはずだ。そう思って図書館や地元紙の記事などを探してみた。しかしほとんど何も出てこない。いくつかがネット上で「青森県の有名な幽霊話」として紹介されている程度だ。これまで全国的には紹介されたことがないようである。

精神を患ったといわれる女性に対するマスコミの自主規制のためか、それとも本州最北の地方の話ゆえ、まだどこも取り上げていないだけなのか。それとも事件は虚構なのか。虚構なのだとしたら、いったい誰がどうやって、どういう理由で創り出したのか。そもそもなぜKさんや、青森出身の板前さんは、あそこまで強く肯定できるのだろうか。

この時にはもう、自分の中にいる「幽霊」という存在を、徹底的に突き詰めてみたいと、私は思い始めていた。このままでは気がすまない。とにかく徹底的に検証してみることにして、私は再び夏の八甲田を訪ねる旅に出た。

そして青森の人に話を訊いた結果、この「八甲田山・白髪発狂事件」にはいろいろな〝亜種〟のあることがわかってきた。

その一つは「男女三人編」だ。男二人、女一人で銅像茶屋のトイレに行く。しかし女の子だけいつまでたっても出てこないので待っていると、発狂して白髪になって出てきたという話。

もう一つは「十和田編」。青森市で仕事を終えた中年の女性が、深夜、八甲田経由で十和田市に帰る途中（つまり山の反対側へ帰る途中）、銅像茶屋で休憩していた。するとそこで軍隊の幽霊に囲まれてしまったのだ。恐怖に顔を引きつらせながら十和田市まで必死で運転して帰ってきたのだが、町に着いたときには髪が真っ白になっていた。その女性は、自分から近くの「T病院」に入院したという話だ。

さらに「杉沢村編」というのもある。ここでは場所が、青森にあるとされる有名な幽霊村「杉沢村」になっている。

男女三人で杉沢村の廃屋に入ると、幽霊に囲まれてしまった。女だけが車に戻れたが、エンジンがかからない。するといくつもの血だらけの手が窓をノックしてくる。あまりの恐怖に女は気絶してしまう。翌朝、血だらけの車の中で女は白髪になっていたという話。ただしこの話では、外に出ていた男たちの行方が曖昧になってしまっている。

幻の「杉沢村」については、他にもいろいろな話があり、ついには「本物の杉沢村」なるものも出てきていて、この「杉沢村話」はもう収拾がつかなくなってきている。


この事件での手掛かりは唯一、病院の名称である。

「SE病院」と、十和田編の「T病院」だ。まずはSE病院をあたってみることにした。

SE病院の方は、本当は「S病院」という名であることがわかった。以前は事件現場の銅像茶屋から青森市へ下る途中にあったのだが二〇〇二年、そこから下ったところに移転している。さらに「S」という名称も、病院の建て替えと共に「F病院」という名称に変わっていた。行ってみると、新しくきれいな病院だ。

事務長を訪ねた。

「話は知っているし、うちの病院に入ったという噂話は聞いたことあるが、気づかなかった。把握していないです。もう二〇年近く前の話だと聞いているから、申し訳ないですが、わかりません。事件そのものも本当かどうか、わからないですね」

一方の十和田市にある「T病院」では、ただ笑って「わからない」という答えしか返ってこなかった。

さらに訊いていくと、県立病院や、果ては弘前の国立病院ではないか、などと話が広がっていくのでキリがない。

そもそも旧SE病院もT病院も、現場から至近にあってどうも安直な話であるような気もしてきた。SEは青森市側に降りる途中にあり、Tは反対の十和田市側にある。

やがて聞き取りをしていて気づいたことは、この話は主に「津軽地方」の話だということだった。

つまり同じ青森でも、八戸など太平洋側の南部地方では、この話を知らない人が多かった。先に紹介した亜種の「十和田編」は南部地方でも内陸部の話だが、十和田という町そのものが津軽と南部の境界、八甲田からも近い位置にあるため、これが幽霊話の限界線ということになっていることを突きとめた。

事件自体が津軽側の話だというので、私は青森市に移動し、青森市で聞き取りを始めた。もうここまでくるとただの旅ではなく、ほぼ取材になってしまっていた。事実がわかるまで徹底して調べてやろうと、私も意地になっていた。

まずは在青森市の新聞、テレビなどのマスコミ関係者数人に当たってみたが、みな一様に「知らない」と言う。

そこで青森駅前の交番で訊いてみると、その警察官はこう言った。

「あの話はテレビの再現ドラマでやってたのを見たけど、事実かどうかよくわからんなあ」

以前に地元のテレビで紹介されたことがあるようだ。さらに県警本部の広報課を訪ねて話を聞くと「話自体は知っているが、本当かどうかはわからない」と同じような答えだ。

その後も各方面に話を訊いて回ったが、何一つ確証らしきものは得られなかった。

わかったことといえば、現場となった銅像茶屋に幽霊が出ることだけは「確かだ」ということくらい。これは話を聞いたほとんどの人が認めるので、かえって不思議な感じがした。

そこまで言うのなら、それを確かめてみるしかない。

幽霊が出なかったら、この白髪発狂事件そのものが虚構ということになる。必ず出る、とは限らないが、少くとも試してみる価値はあるのではないか。私は夜になるのを待って、銅像茶屋へ車を走らせた。

八甲田で幽霊話が出るようになったのは、この明治三五年の青森第五連隊大量遭難事件以後のことだ。

遭難事件の後、青森市筒井にある兵舎では行進する軍靴の足音とともに、

「歩調とれ、かしらー右ッ」

という声や、

「寒い、寒い」

という声がして、兵士たちがひどく脅えたという。

これが八甲田における幽霊話の始まりだ。

新田次郎『八甲田山死の彷徨』の「取材ノート」にも、同様の話が紹介されている。そこにはこう記してある。

——毎夜出てくる幽霊のために兵の脅え方がひどいため、責任を感じた連隊長は、一夜泊まり込み、幽霊を待つことになった。明け方近くになって衛兵が真っ青な顔で幽霊の来訪を告げたため、連隊長は営門に出てみた。

すると、本当に行進の足音がするではないか。そこで連隊長は大声で霊たちに慰めの言葉をかけ、最後に軍刀を抜いて叫んだ。

「青森歩兵第五連隊雪中行軍隊、廻れ右、前へ進め！」

すると足音は次第に遠ざかり、以来二度と出ることはなかった（要約）——

このエピソードがあった兵舎跡には現在、高校が建っている。今はその面影も残っていない。

この事件の特徴の一つは、便所に取り残された女が、恐怖のあまり一夜のうちに白髪になっていたというエピソードだ。

この「恐怖やショックにより、一夜にして白髪になる」という話は海外にもあり、古くはフランス革命で捕らわれの身となったマリー・アントワネットが処刑されるとき、一夜にして白髪になったと伝えられている。この頭髪が白髪になるメカニズムは、全て解明されたとはいえないものの、強いストレスなどが原因で白髪が増えることは事実だという。

しかし、白髪というものは、新しく生え始めた毛髪から始まるという。つまり、すでに生えている黒い毛髪がいきなり全て白く変色することは有り得ないそうだ。根元から白髪が始まり、それが長くなって白髪になるのである。だから、恐怖のあまり一夜のうちに白髪になったというのは、生理学的にあり得ないということになる。

「銅像茶屋」は、最初に発見された遭難者、後藤伍長の銅像が建っていることもあり、現在では観光名所になっている。三〇台ほどの車が停められるスペースがあり、食堂ではみやげ物などを売っていて、遭難事件についての資料館も併設されている。そこには凍傷により両足を切断した兵士など、凄惨な記録が展示されている。

資料館となっている土産物屋の横に、後藤伍長の銅像へと続く道があるのだが、そのさらに隅に、公衆便所が一つ、独立して建っている。それがくだんの便所だ。

中を覗いてみると、男女別に分かれていて、三人ほどが用足しできるくらいのスペースだ。古い公衆便所だが、定期的に掃除されていて、そう汚くもない。冬期は雪のために閉鎖しているという。

日没とともに店は閉まってしまい、周囲には誰もいなくなった。

銅像茶屋の前には、午後八時半に到着したが、ものすごい濃霧で、先がまったく見えない。そうかと思うと、霧がさーっと無くなり、視界が晴れることもある。

もともと八甲田山という一つの山があるのでなく、この辺り一帯が八甲田山系と呼ばれ、山には一つ一つ別の名がつけられている。なだらかな山々が連なっているのを総称して「八甲田山」と呼ぶ。

夜でも自販機の灯で、意外にも明るい。自販機近くでは本が読めるほどだ。茶店を背にして、便所付近が見渡せる場所に車を停めて、幽霊を待つことにした。

私は幽霊というものを信じていないので、もし本当に幽霊が出たら、これからの人生観が変わるほどのショックだろうなと無邪気に思った。とはいえ、幽霊の存在を信じていない私でも、やっぱり幽霊は怖い。得体の知れないものに対する恐怖心は、生理的なものなのだろうか。

あまりに怖かったので、以前から関係のあった青森に住む年上の人妻に一緒にきてもらうことにした。一人だと退屈だし、彼女と会えればうれしい。

彼女は津軽出身で、学生時代に知り合ったから、もうずいぶん長い付き合いになる。知り合った頃は人妻だったが、今は夫と別居して実家で暮らしている。

「面白いね」

そう彼女が楽しそうに言うので、私は、

「退屈だよ」

内心の恐怖心を隠して素っ気なく言うと、「こういうデートも悪くないね」と言う。

「うん。でも、あんまり良い雰囲気でもないよ」

「こうして二人だけでいるのも、いいじゃない。そういえばこの幽霊話も、私たちと同じカップルだったね」

「そういえばそうだね」

私は単に一人だと怖いのと、待つのが退屈なので彼女を連れてきたつもりだったのだが、図らずも幽霊話の再現になってしまっていた。偶然とはいえ、一瞬、不気味に思った。

「同じシチュエーションだから、出てくれたら面白いんだけど」

「置いていかないでね」

私は強がりを言った。

「置いていきゃしないけど、この時間に、あのトイレにいく勇気もないだろう」

「それは嫌。絶対いきたくない」

「だから大丈夫だよ」

そんな他愛もない話をしながら、私たちは兵士たちの幽霊が出るのを待った。

〝張り込み〟を始めた当初は、他愛もない話をしていたが、次第に二人とも口数がへってきた。最初は辺りの様子が気になって仕方なかったが、次第に飽きてしまい、私は日頃の疲れもあってウトウトと、寝ては起きてを繰り返した。

ふと目覚めて腕時計に目をやると、午前三時を過ぎたところだった。

三〇分に一度くらいの頻度で、車が来ては若者が騒いで行く。

どうやらこの銅像茶屋付近は、心霊スポットとして地元の若者の間では有名らしい。男女連れだって肝試しでもしているのだろう。それにしても、なんとも明るくて騒がしい心霊スポットである。

やがて夜が明けた。

安堵と落胆という、複雑な気持ちで、午前六時頃、私たちはホテルに戻った。何とも呆気ない〝張り込み〟だったが、少なくとも、幽霊が出なかったのを実際に体験して確かめたのだ。

後日、銅像茶屋の経営者Ｉさんと雑談しているときのことだ。

「あなたも物好きねえ。そんなことでこんな所まで来るなんて」

「やっぱり幽霊っていうのが、ホントのところは好きなんでしょうね」

出してもらった茶を飲みながら私がそう言うと、ふいにＩさんがこう洩らした。

「女の子が白髪になったたっていう話ね。本当のところは、ここの従業員も私も、何も知らないのよ。訊かれたら『はい、本当の事件ですよ』って答えてるだけなのよ。だって、そのままにしておいたほうがいいかなと思うもの。その白髪になったという女の人が死んだことかも、実は全部、お客さんから聞いた噂話なのよ」

驚いた顔をした私に、Ｉさんは、

「だって、そうしておいた方がいいかなって思って……」

そういい訳めいた言葉を繰り返した。

そこで同じく近くにある別の茶店の人に話を聞くと「その話は知ってるけど、馬鹿々々しくってね」という答えだった。

つまり、銅像茶屋付近で長年商売をしている人たちは何も把握していないのに、ここに立ち寄る地元客の間で急速に広まった噂話だったということになる。

Ｉさんは、私が熱心に通うものだから、つい真相を話してくれたのだが、彼女は最初から私に嘘を言っていたことになる。私は多くの人から話を聞く仕事についているが、嘘と本心というのは、大体、見極めることができると過信していたので、これには驚いた。Ｉさん自身は、お客さんを楽しませようと思って言っているので、嘘を言っているという自覚すらなかったのかもしれない。

そんなことのためにわざわざ東京から来た私を思って真相を話してくれたのだろうが、気の毒になったのか、さらにこう話すのだった。

「ただ、幽霊は本当に出ますよ。二〇年ほど前には、朝一〇時になると必ずシャッターを叩く幽霊がいてね。そういうときは『おかえりー』とか言って開けてあげるの。建て替えたときにお祓いしてもらったから、もう今は出ないけど。二階でドタバタ誰か騒いだり、軍靴の行進は何度も聞いてるし。二階でバタバタする音は、去年はすごかったんだけど、今年はどうしたのかしら、静かなのよね」

「それは単にネズミなのでは」と思ったが、もはや私の興味は別の点に移っていたこともあり、それ以上は訊ねなかった。

Iさんは、遭難事件の幽霊よりも、この近辺で多い自殺者のことが気がかりだと話した。

「流行りの練炭自殺もこの駐車場であったし、辺りの山林に入って自殺する人が多いのよ。そういう人って、最後に必ずここの食堂に来るのよね。前なんか家族連れでずーっと食堂にいるから変だなあって思ってたら、数日後に一家心中で発見されたしね。あとは若い女の人で、雪が降ってきたから『早く帰ったほうがいいですよ』って注意してあげたら『フフフ』って笑ってね、薄気味悪いなあって思ったら案の定、森の中で死んでたの。そういう人は凍死目的で来るから、雪が降ると好都合なのね。キノコ採りに来て迷って死んじゃったり、反対にキノコ採りに来ていっぱいキノコ生えてる所を見つけて喜んで駆けつけたら、その上で首吊り死体がぶら下がっていたり。そういう話が多いから、実際、その一〇〇年前の遭難よりも気味悪いわよ」

Iさん自身は、この〝白髪発狂事件〟は恐らくデマではないかと話す。しかし客に聞かれたら「そうです、ここのトイレですよ」と答えるのだという。灯台下暗しというか、話自体が根底から崩れてしまった瞬間だった。

しかし一方で私は、貴重な体験をしたように感じていた。

まず幽霊話そのものが、青森の中でもほぼ津軽だけで広まっていた事実を突きとめたが、私の話を聞いた青森の古書店の主人はこう話した。

「同じ青森でもね、津軽というところは、例えば八戸のある南部地方と違って、冬は雪深い。南部は八甲田を越えた太平洋側だから、文化とか人の性質も違う。津軽人は内にこもるというかね。昔の津軽では冬は仕事もないから家に籠って、みんなでいろいろな話をしてたんです。そんな中で、元の話に尾ひれをつけて創作することもあったのでしょう。太宰治とか、津軽には有名な作家さんがいるけど、それは厳しい冬を乗り越えるために、みんなで想像力を働かして、何か面白い話を互いに披露していた風土と関係あると思うんです。だから幽霊話も含めて民話とかっていうのは、津軽の方が盛んなんじゃないかなと思うんですがね」

青森は、大きく八甲田山を境に津軽と南部に分かれているが、江戸時代までは別の藩だったこともあって文化的に違いが大きい。もし主人の話の通りだとしたら、この幽霊話がなぜ津軽側で広まったのか、よくわかるような気がした。

また、私などは「この幽霊話を信じるか、信じないか」、ひいては「幽霊を信じるか否か」という話にこだわってしまっていたが、南部地方も含めた青森の人と話していると、幽霊の存在は当たり前であり、「その幽霊とどう接するか」という話になることが多い。それは恐山がある風土と、イタコという口寄せの風習が今も残っていることからもわかる。

もしかしたら、幽霊話が本当かどうか、地元の人にとってはどうでもいいことなのかもしれない。幽霊や霊魂を身近に感じられる豊かな精神風土があるから、そうした話も「事実か否か」はどうでもよくて、話として面白ければ残っていくし、そうでなければ淘汰され、また新しい話が生まれるのかもしれない。

何より民話というものが、元々そうした風土の中で、口承によって生き残ってきた物語だ。民話の中には生活上の注意すべき点や戒めなどが入っているが、それも話す中で生活の知恵として創作されてきたのだろう。そのような話が、どこかで記録された時点で「民話」となっただけで、ほとんどの話は語りつくされると、時代とともに消えていったのかもしれない。

今回の幽霊話について、私は単に、そのような津軽の精神風土に強く惹き寄せられただけなのかもしれない。最初から答えなどなく、答えなどどうでもよい世界を、私はただ右往左往していただけなのかもしれない。

とはいえ念のため、帰り際に私は、遭難事故の死体安置所跡を管理するKさん宅に再び確認のために訪ねた。事の真偽を聞きだすと、

「うーん、本当のところはどうなのか、実はわからねえんだ」

そう真面目な顔で、あっさりと告白されたのだった。

銅像茶屋の女将も、このKさんも、まさかこの噂話の真偽を確かめるために東京からわざわざ何度も訪ねてくる人がいるとは思ってもみなかっただろう。Kさんは気の毒そうに私を見るばかりであったが、私は不思議に満たされていた。

## 四　酸《す》ヶ《か》湯《ゆ》滞在記

物書きになったら、やはり温泉宿で書いたりするものなのだろうかとぼんやり思っていた。私が書いているのはノンフィクションなので、取材した事をそのまま書くだけで、小説家のように悩んで書いたりしていないと思われがちだ。実際にそうなのかもしれないが、これでも色々と書くときに思い悩むことがあり、これぱかりは同業者にも中々わかってもらえない。

ノンフィクションの書き手というのは、ただ書くだけと思われがちなので、やはり小説家をはじめとする物書き、ライターのたぐいの中でも、ちょっと下に見られている。だから逆に虚勢をはる者も少なくなく、私の知り合いも、新刊本で一発当てたあと、箱根にあるかつて文士が常宿にしていた格式ある温泉旅館にカンヅメになったりしていた。そこにカメラマンや編集者、果ては新宿ゴールデン街のママまで呼んで連日宴会を開いたというのだから、昨今では豪気な話であった。

その話を聞いた時、私は「ふん、田舎者め」と思ったものの、その実はうらやましくて仕方なかった。その頃の私は女に食わせてもらっており、ノンフィクションなのに「書けない」と言っては一日中ごろごろし、夕食の用意をして女の帰りを待つような生活を送っていた。だから温泉宿にカンヅメになるなどということは、羨ましいと思っても、とてもできるような状況ではなかった。

ところがある時、出した本が珍しく重版し、まとまった金が入った。日々の生活は女の稼ぎに拠っていたので、私はこの金をもって、どこかの温泉で念願だったカンヅメになろうと思った。女も笑顔で「気分転換になっていいんじゃない」などと言ってくれたので、私も良い気分になり、どこの温泉がいいだろうかと探し始めた。

知り合いが泊まったという箱根の文士の宿というのもいいが、調べてみるといくらまとまった金が入ったといっても、とても手が出ない高級な旅館だった。仕方がないので、いろいろと思案した挙げ句、青森の八甲田山にある酸ヶ湯《すかゆ》温泉の湯治場にしようと思い立った。湯治場なら、高級旅館の十分の一ほどで泊まれる。

大阪に生まれた私にとって東北、さらに青森は何か、そら恐ろしい響きをもっている。せいぜい恐山とイタコくらいの知識しかなかったためだが、一方で北の土俗的な国に憧れがあった。

女の故郷が青森のむつ市だったこともあり、私はその頃、よく女と「食えなくなったらむつ市か、野辺地《のへじ》あたりで薬屋をやろう」と言い合っていた。いずれも青森の辺境にある小さな町であるが、なぜそのような町で、薬剤師の免許もないもぐりの薬屋をやろうと意見の一致をみていたのか。いま思えば、そんな気など全くない女が、私の空想をただ「それもいいね」と言ってくれていただけだと気づくのだが、その頃の私は原稿で食えなくなったら、本気で青森の小さな町でもぐりの薬屋をやろうと思っていたのだった。

酸ヶ湯にしようと決めたのは特に理由はなく、青森の温泉ではそこがもっとも有名だったからだ。調べてみると、「湯治部」という四畳一間の部屋で四三五〇円であった。三食自炊しなければならないが、私は料理が好きだったので自炊は苦にならない。それに一泊四〇〇〇円ほどなら、一〇日ばかり居ることもできるのではないかと算盤をはじき、そうと決まると私は嬉しくなり、すぐに予約を済ませ、翌週にはもう青森へ向けて一人たっていた。

じつは私はその頃、青森市に知った女がいた。私より一五も年上で、もう五〇を過ぎていたと思うのだが、時々上京しては何かと世話を焼いてくれていた。

私は青森駅に着くと、その初子という、古風な名をもつ女に迎えにきてもらい、そのまま酸ヶ湯温泉へ向かった。初子には家庭があったので、その日は酸ヶ湯まで送ってもらっただけで、彼女はそのまま来た道を戻って帰っていった。

酸ヶ湯はまさに秘境と呼んでもいい場所にあったが、宿そのものは観光地化していて多くの人で賑わっており、少しがっかりした。しかし私は、もし本当にひなびた無名の温泉宿に泊まったりしたら、寂しくてすぐ帰りたくなるかもしれないと思っていたので、これくらい観光地化されている方が良いだろうと思いなおした。

湯治部は、事前に知った通り四畳一間の畳部屋で、廊下に出ると共同の台所と手洗いがある。部屋にはブラウン管がやたら出っ張った古風なテレビが一台と、ちゃぶ台が一つあるきりで、湯治だから布団は敷きっぱなしだ。箱根の文士の宿とはかなり違っていたが、質素で場末感のある部屋が気に入った。

さっそく浴衣に着替えて混浴湯に入ると、俗に千人風呂と言われるだけあり、風呂場はちょっとした体育館ほどの広さである。混浴なので女の裸が見られると思い、最初私は眼鏡をかけたまま入ったが、強酸性の温泉なので金属製の眼鏡は腐食してしまうかもしれないのと、下心を見透かされているような気がして恥ずかしくなり、それ以後は眼鏡をしないで入るようにした。夕方以降は泊まり客の高齢者がほとんどであるということも、眼鏡をしなくなった理由である。

酸ヶ湯は、日本でも有数の強酸性の硫黄風呂なので、顔を洗うと目が痛くてしょぼしょぼする。しかし温度はぬるくていつまでも入っていられるので、暑がりの私にはちょうど良かった。大阪出身の私にとって、東北のこのような強度の硫黄温泉は憧れで、何度でも入りたいものだ。

初日は身体を洗って部屋に戻ったが、部屋にあった湯治の説明を読んでいると「身体を洗わない方が良い」と書いてあった。「湯治中には顔にも身体にもセッケンは使わない。せっかく身体に沁みつつある温泉成分を洗い流すことになってしまいます」とある。それで翌日からは身体を洗わないで、何度も出たり入ったりすることにした。

効能のところには「神経炎」にも効くとあったが、どうも精神病にもいいらしい。もっともこのような自然に囲まれた湯治場では、どのような湯でも神経には良いだろう。

最近の湯治には、恋人同士も多いと聞いていたのだが、このような四畳一間のテレビしかない部屋に自炊で泊まりたいというカップルの気持ちが全く理解できなかった。しかし案外、若い人にとっては所帯じみたところが面白いのかもしれない。ただし酸ヶ湯の湯治部には、そんな若い人たちはいなかった。

とりあえず私はその夜から原稿を書くことにした。三食の自炊は、きっと原稿の合間の気分転換になるだろう。


しばらくして、それは大きな間違いだとわかった。

仕事もしているうえに強い湯に入ると倦怠感がひどくて、つい自炊が面倒になってカップ麺やレトルトが多くなってしまっていた。自炊場に行くと、いつも浴衣姿のおばさんが一人

で何か煮ていたのだが、そのおばさんは私のカップ麵を見るなり、

「湯治に来ているのに、そんなものばかり食べてちゃ、かえって身体に毒ですよ。これでも食べてください」

と言って、煮物を二つほど分けてくれた。私は恐縮しながらいただいた。

一つは筑前煮のようなもので、もう一つは茶色でドロドロとしていて、元は茄子やふきのようだが、よくわからない。筑前煮の方をいただき、もう一つは気味が悪いので一気に食べたが、不味くはなかった。シイタケの出汁《だし》の風味のあるのが、何となく山奥の湯治場らしい雰囲気が出ていていいなと思った。

原稿や食事の合間には、できるだけ風呂には入るようにした。酸の強い湯は、身体の垢を溶かしてしまうらしく、身体からは垢がまったく出なくなり、殺菌効果もあるので、二日目くらいからは宿の説明書通り、全く身体を洗わなくてもよいのだと知れた。そこでいっそう、身体を清潔に保つためにも小まめに風呂に入ることにした。

初子は二日に一度、顔を見に来てくれた。

私が「食事が満足にできない」ことを嘆くと、初子は翌日、殻からとったばかりの新鮮なホタテの刺身と煮物、ご飯を持ってきてくれた。私はそれを無心に食べた。そして後片付けをしている初子の姿を見ては、劣情をもよおし、今晩は泊まっていけよなどと無理を言っては彼女を困らせた。

こうして初子と二人、四畳一間の薄っぺらな布団の万年床に肩を寄せて座っていると、何だか遠くまで初子と逃げてきたような気がしてきた。こういう生活も悪くないなあと私がつぶやくと、初子は「夫と子供が不憫だ」と言う。確かにそれもその通りだなと、私は急に冷めた気持ちになり、もう少し居られると言う初子に「原稿があるから」などと言って追い返してしまった。

湯治にきてからは朝型に生活を改め、午前中と午後、そして夜の三回に分けて原稿を書いた。連載をまとめる本なので元原稿があるから、そう難しい作業ではなかったが、それでも唸りながら書いていた。

しかし、思っていたより効率は上がらず、私はだるくなった身体を横にして、ぼんやり窓の外に降る雨を見てうとうとすることが多くなっていた。いつものサボり癖が出てきたのだろうと、そのときは思っていた。

原稿は一日三回と決めていたが、座布団の上で地べたに座っているので足が窮屈だからか、一時間ほどしか続かなかった。仕方なく風呂にさっと入って横になるのだが、日が経つにつれ、書けないことに対する焦燥感がつのってきた。この頃までは、自分が湯あたりしていることなど全く気がついていなかった。

炊事場に行くと、毎度のようにおばさんと会った。湯治部には他の客がおらず、どうも私とおばさんの二人だけのようだった。

「今日はなに食べるの。またラーメン？」

「今日はカレーですよ。明日もカレー」

「売店に行ったら野菜も売ってるから、野菜も食べないと駄目ですよ」

「作るのは好きなんですけど、洗い物とか後片付けが面倒なんですよ」

「それで彼女さんが来てるのね」

おばさんは初子が通っているのを見透かして言った。初子が来た日はもしかしたら、空いている隣の部屋から聞き耳を立てているのかもしれないと思った。

初子は八甲田の山道を越えて、二日とあけずやってきてくれた。家に重い障害をもつ子供がいる。子供といってももう二七歳の青年だが、その子を置いてのことなので、私は「毎日来なくていい」と言っていたのだが、根が苦労性にできている初子は野菜の煮たのや、新鮮な青森近海産のホッキの刺身などをせっせと持ってきてくれた。


風呂には相変わらず頻繁に入っていたが、湯あたりが怖かったので、一回五分ほどで上がっていた。それでも身体はきれいで、水虫まできれいに治っているので感心した。

しかし身体が異常にだるくて、横になっている日が多くなった。これではいけないと原稿に向かうのだが、一時間もたたないうちにまた横になったりしていた。そのうち身体に発疹が出て気味悪くなってきたので、湯治部にいる看護師に相談に行った。

前々からこの看護師のことは狙っていたのだが、彼女に隙がないのと、初子が思ったよりもよく来てくれるので、一度も話さないまま一週間が過ぎていた。看護師は日中、看護室に詰めている。

「身体に発疹が出て、少し痒いんです」

私がそう言うと、痩せぎすの看護師はそれを見て訊ねた。

「湯治部ですね。湯治には、どこか悪いところがあって来られたのですか」

「いや、特にどこが悪いということはないんですけど、仕事を抱えていたので、湯治にきて片づけてしまおうと思って」

「一日に何回くらいお風呂に入ってますか」

私はそれまで入浴回数など思ったこともなかったので、そらで数えてみると、つごう一日八回くらい入っていた。それを言うと看護師は呆れた顔をした。

「そんなに入ったら駄目です、入りすぎです。発疹もそのせいです」

「いや、しかし、一回五分ほどですよ」

「入浴時間ではなくて、入浴回数が多いと硫黄成分がそのたび新しく吸収されるので、湯あたりしやすいんですよ」

私は以前、山の温泉で一泊したとき、湯あたりして半日くらい身体が熱っぽくて風邪をひいたようになったので気をつけていたのだが、入浴回数が多いとこれもまた湯あたりするのだとは知らなかった。それで一日中だるく、原稿に向かっても集中力が続かないのだと、初めて合点がいった。

しまったなあと思った。湯治はあと二、三日で終わりなのに、しばらく入浴は禁止されてしまったので、これでは湯治にきている意味がない。私は困ってしまって、初子が来るのをひたすらに待った。テレビは見ないし、持ってきた本も読んでしまって退屈をもて余しそうだ。

いつもだいたい炊事場にいて何かしら作っているおばさんにもそのことを話すと、「馬鹿な男だねえ」と言われた。しかしべつに悪い気はしなかった。

やがて初子が食事を持ってやってきたので、その話をすると、「じゃあ、もう湯治は止めて、今日にでも受付で言ってキャンセルしたら」と言う。

すでに一週間はいるので、確かに原稿は書けなかったが、温泉には飽きていたので、私はそれもいいかと思った。

発疹の出た身体で初子を抱きしめながらいろいろと思案していると、戸をノックする音が聞こえた。開けてみるとおばさんだった。野菜の煮つけを持ってきたと言っては、じろじろと部屋の中を見て、初子と目が合うと「どうも」と挨拶をした。

「なに、あのおばさん」

おばさんが帰ると初子が怒ったように言う。

「いや、湯治の人で、ああ見えてなかなか良くしてくれるんだよ。ヒマなだけだよ」

「だけど何だか気味が悪いわ」

「気味悪くはないけど、こっちの様子をずっと窺っているようだから面倒だね」

「ねえ、もう今日、出ちゃいましょうよ。身体の調子が悪くなったとか言って。本当のことなんだから」

「だけど今日、君は時間あるのか」

「大丈夫よ。子供はデイサービスに預けてあるし」

「そう……。じゃあ、そうしようか」

「そうしましょうよ、ね。精算してくるわね」

彼女は私にあまり金がないのを見越して、精算しに行ってくれたのだった。金はあったのだが、初子が気をまわしてくれたので私は何も言わずに黙っていた。

片づけを済ませ、部屋を出ておばさんに挨拶に行った。「あら、もう出るの」と驚かれたので「いやあ、身体に発疹がいっぱいできたので」と言うと「しょうがないわねえ」とおばさんは寂しそうな顔をした。

根は悪くないのだろうが、どこか私の部屋を始終、窺っているような圧迫感があったので、ここを出られるとなると安堵した。しかし、このおばさんとこれで会うこともないだろうと思うと、やはりこんなおばさん相手でも寂しいもので、私はそれ以上話さないで正面出口へと急いだ。

そういえば、おばさんはどのような理由で湯治部に長逗留していたのだろう。今も時々、思い出しては気になるのだった。

## 五　定宿

「定宿」という言葉には、何ともいえない響きがある。旅慣れている人、あるいは旅好きな人が使うような言葉だ。旅を仕事にしている私にも、一つだけ定宿といえる宿がある。

北海道南部にある門別（現在、日高町）は、競走馬を飼育していることで有名だが、ここに豊郷《とよさと》という小さな無人駅がある。駅前にはコンビニを兼ねた酒屋が一軒あるだけで、あとは民家がいくつかあるだけの寂しいところだ。

この無人駅を出て、山の中へ入ったところに「夢民村」というログハウスの民宿がある。一泊二食付きで五〇〇〇円。相部屋が基本だが、夏休みとゴールデン・ウィーク以外は空いているから、必然的に個室になる。豊郷駅から電話すれば、ご主人が軽自動車で迎えに来てくれる。しかし一旦、この宿に入れば、周囲一五キロは何も店がない。初めて泊まったのは、大学生の時だった。

私は一九九二年に大阪体育大学に入学しているが、入学試験というのは、ただ大学に設置されていた競技場で円盤を投げただけで入ることができたのである。

それまでは大学に行く気がなかった。学力もないし、もうこれ以上、勉強する気になれなかったのである。しかし陸上部の顧問が「おい、上原。体育大学なら入れるぞ」と教えてくれたので、私は試験日に大阪府熊取町にある大学まで円盤を投げに行き、その場で簡単な面接を受けて入ったのである。

しかし、体育大学というところはやはり、それなりのスポーツ・エリートが入ってくるところなので、当然、上下関係が厳しい。特に陸上競技は中学から続けている者がほとんどなので、みんなそんな環境に慣れている。

その点、私は地区でも最底辺の三流高校の出だった。一クラス五〇人中、クラブ活動をやっているのは五、六人。あとはみな帰宅部で、三年生になると二クラス減る（つまり一〇〇人が退学した）。

だから陸上部も、全部員を合わせて七名しかいない。そんなところから突然、部員が二〇〇名という体育大学の陸上部に入ってしまったのだから、体育会系の理不尽な上下関係に順応するのに無理があった。不器用な私は上下関係に馴染めず、一年をたたずに退部してしまった。

退部してからの私は、とりあえず冒険的な旅がしたいと思い、夏に徒歩で日本縦断をした。そして三回生になると、徒歩での冬期北海道縦断を思い立ったのであった。なぜそんな旅をしようと思ったのか、私にもよくわからない。理屈ではなく、何かに突き動かされながらの旅であった。厳しそうな旅であれば、ようは何でもよかったのである。ただし、登山とか、川をゆくカヤックはできなかった。

それらは、とりあえず最初は誰かに教わらないと駄目だからだ。私は習うのが苦手だった。教えてもらっても、その通りするのが嫌なのである。さらに「先生」でも「先輩」でも、目上の人間がいること自体、生理的に駄目だった。この偏屈な性格のため、私は生涯にわたってしなくてもよい苦労をすることになる。

自転車でもいいのだが、これは多くの若者がやっている。あまり誰もしていないのが良かった。それで徒歩になったのである。しかし徒歩も、昔は「カニ族」（横に大きなキスリングザックを背負って歩くところからこの名がついた）と呼ばれていたと後で知った。

人はだいたい「南の島派」と「北国派」に分かれるという。暑いのが苦手な私は「北国派」だった。寒いのは嫌いではなかった。それで日本縦断の次は、冬の北海道を歩いてみようと思ったのである。

稚内まで飛行機を乗り継ぎ、宗谷岬までバスで向かう。北海道最北の宗谷岬から、南の涯の襟裳岬を目指すことにした。足にはクロスカントリー・スキーを履いて、荷物は小型のソリに積んで歩き始めた。

初日は二〇キロくらい進んで、オホーツク海に面した猿骨《さるこつ》という、ちょっと不気味な名のバス停に泊まった。

野宿の旅をした人は知っていると思うが、北海道のバス停は小屋のようになっていて、テントを張らずに眠ることができる。ただし近所の人には、一言いっておかなければならない。零下二〇度ほどだが、厳寒期の登山装備だったので問題なく寝ていたところ、近所の人が見かねて「うちに泊まりなさい」と言ってくれた。いま思えば、自宅前で凍死されてはかなわないと思われたのかもしれない。村の人にとっては、若者のちょっとした冒険はいい迷惑である。

翌朝はお礼に雪かきを手伝ったが、何もかも初めてで、雪かきがこんなにも重労働だとは思わなかった。屋根にのぼって雪かきをしていると、一台のバンが停まり、村の若い人五、六人が賑やかに出かけて行った。家のご主人は「これからススキノに遊びに行くんだと」と言った。学生だった私はまだススキノを知らなかったので、「それは旭川ですか」と訊ねると、ご主人は笑って「札幌だよ。札幌まで女を買いに行くんだよ」と教えてくれた。

朝食にはホッケが出た。大阪出身の私は、ホッケが初めてだった。少し水っぽかったが、こんなに旨い魚があるのかと思った。

お礼を言って歩き始めたが、すぐにソリがひっくり返り、見送りに出ていたご主人に笑われてしまった。二日目もまたバス停で寝ていると、今度は地元の学校教師が起こしにきて、公務員宿舎に泊めてくれた。こんな風にして、私は周囲に迷惑をかけながら旅を始めたのだった。

オホーツク街道を歩き、浜頓別《はまとんべつ》から内陸に入ると、「住む人はただで家をあげます」と書いた看板があった。私は将来、この辺りに住みたいと思った。それは今も変わっていない。私が今でも北海道の中でも、特に道北が好きなのは、この呑気な感じと、その寂しげな雰囲気からだ。

しばらく歩いていると、向こうから荷物を積んだ自転車がやってくる。話してみると、スパイクタイヤを履いて北海道を一周しているのだという。寒さ対策に赤唐辛子をひざにまぶしていると聞いて、そんなことで温かくなるのだろうかとびっくりした。

名寄《なよろ》までくると、雪が少なくなり、スキーが滑らなくなった。これは実は雪が無くなってきたからではなく、通行量が多くなり、融雪剤をたくさん撒いているからである。しかし、当時はよくわからなかった。

仕方ないのでスキー板と靴を大阪まで宅配で送り返し、ホームセンターでスノーブーツを買って歩いた。冬の北海道はすべて雪に覆われていると思っていたので、これは意外だった。しかしスノーブーツは種類もたくさんあり、しかも安かった。それだけで私は「北海道は天国だ」と思った。

旭川では駅に泊まれると聞いていたのに、行ってみるとあまりに大きな駅で、とても泊まれる雰囲気ではない。これは夏の話なのだった。それで民宿に泊まったのだが、荷物が多い私が入口で四苦八苦していると、宿の主人が「コラ、早く閉めろってッ」と怒鳴ってきた。私が「荷物を入れてるんですッ」と怒鳴り返すと、主人はブツブツ言いながら奥の部屋に引っ込んだ。

富良野を通って、アイヌで有名な二風谷《にぶたに》に泊まった。当時は貝澤民芸店がライダーハウス（無料の宿）をやっていたので訪ねると「いいけど、暖房はないよ」と言われた。ライダーハウスというのは、基本的にオン・シーズンの夏を想定して開けている。仕方ないので、零下一〇度の部屋の中にテントを張って寝た。

門別（北海道の青森に近い側）から太平洋側に出ると、雪がほとんどなくなり、急に暖かくなった。ソリも引けなくなったので、ザックを担いで歩いた。実は北海道の中でも、門別を含めた道南側の海岸線では、あまり雪は積もらない。内陸など地域によっては積もるところもあるが、門別は太平洋側なので雪が少ないのだ。これもまた発見で、北海道は広いなと思った。

しばらく歩いていると、豊郷という駅に出た。

無人駅だったので、今日はここで泊まろうと思い、駅前にあったコンビニを兼ねた酒屋さんに行くと、四〇代くらいの眼鏡をかけたぼんやりしたおじさんが番をしていた。

買い物ついでに、駅で泊まることを話すと「こんな寒いときに泊まったら危ないぞ。近くに民宿があるから、そこに泊まれよ」と言われた。しかし装備には自信があったので「大げさな」と思っていたのだが、いくら道南といえ、吹雪くと地元の人でも凍死することがある。

「民宿は、でも、高いでしょう。高いところは泊まれないんです」と言うと、酒屋のおじさんは「いや、安いよ。一泊四〇〇〇円くらいでねえか」と言う。

「へえ、それはどこにあるんですか」

「ここから山の中に入ったところだ」

「ぼく、歩きなんで、そこまでいけないですよ」

「いや、電話したら迎えにきてくれっから、そこに泊まれって」

今はちょっと違うかもしれないが、北海道の人は、親切なのはいいのだけど少し強引なところがある。これに対処するコツは、もし自分にとって迷惑であっても、遠慮しないでできるだけ受けた方がよいということだ。私は北海道を徒歩で旅するのは二度目だったので、「まあ、安いのならいいか。また明日はここに戻ってくればいいことだし」と思い、おじさんの提案に「じゃあ、お願いします」と言った。

やがて迎えにきたご主人の軽自動車に乗って、牧場をいくつか抜けたところにぽつんと建っている「夢民村」に着いた。何でも建物もすべて、夫婦で建てたというので、変わったところだなあと思った。素泊まりだと四〇〇〇円だが、二食付きでも五〇〇〇円だという。

宿を経営しているご夫婦は東京出身で、学生運動で出会い、自分たちのユートピアをつくろうとこの豊郷に移り住んだのだった。横にはまた違うご夫婦がユースホステルを建設中で、私も内装を少し手伝ったりした。

奇妙なのは、ここに住み着いている人が二人いたことだ。

一人は可愛らしいヨーコちゃんという女の子で、近くの牧場で馬のトレーニングをしている見習いだと言った。そしてもう一人は禿げたおじさんで、民宿の庭というか、空いたスペースに小さな小屋を建てて、そこに住んでいた。「夢民村」が安かったので、私が二泊して休養にあてると「おい、ヨーコちゃんに惚れるなよ」と、その禿げたおじさんは警句を吐いた。禿げたおじさんは、ヨーコちゃんのことが好きだったのだ。

私の方は、それから歩いて無事に襟裳岬に着いた。しかしあいにく吹雪いていて、岬の突端までは危なくて行けなかった。そして帰りにまた豊郷に寄って、「夢民村」に泊まってから、札幌経由で大阪に帰った。

それ以来、私は「夢民村」に泊まるためだけに、豊郷を訪ねるようになった。苫小牧から鉄道で一時間以上かかるし、車でも同じくらいかかる不便なところなので、北海道に行くたびに泊まるというわけにはいかないが、数年に一度は、原稿をもって泊まりに行く。昨年もアイヌの食を取材しに阿寒湖に行くと、食堂のおばさんが門別のアイヌの人で、私が豊郷を知っているというと驚いていた。

「夢民村」にまつわる話はいろいろあるが、印象深いのはやはり、ここに住んでいた禿げたおじさんと、ヨーコちゃんのことだ。この禿げたおじさんは、「夢民村」で知り合った違う女の人と結婚して、そのあと富良野ユースのオーナーになっている。そしてヨーコちゃんは結婚して東北の実家に戻ったが、やがて離婚して、今も東北に住んでいるという。

そして「夢民村」を引き合わせてくれた駅前の酒屋のおじさんは、今から数年前に自殺してしまった。おじさんがやっていた酒屋は、今は廃墟になっている。

だからというわけではないのだが、私は今でも、この親切だった酒屋のおじさんの顔を覚えている。太縁の眼鏡をかけた、痩せた人だった。

# 六　原発ＰＲ館

旅に出た時、行き先に原発があれば、できるだけ「原発ＰＲ館」に立ち寄ることにしている。

日本各地の原発には、ほとんど全てに一般の人向けの原発ＰＲ館が、莫大な建設費用をかけて建てられており、無料で誰でも見学することができる。

この原発ＰＲ館は全国に二四か所あるが、二〇一一年の東日本大震災の影響で閉めている所もある。例えば福島県内の原発の他にも「宮城県原子力センター」は津波により全壊しているし、福井県大飯原発のＰＲ館は休館しているという。

私が今までに行ったことがあるＰＲ館を順に並べてみたら、九か所になった。

- 青森県　東通原子力発電所「トントゥビレッジ」

・静岡県　浜岡原子力館
・茨城県　日本原子力発電東海原子力館（東海テラパーク）
・福井県　原子力の科学館　あっとほうむ
・福井県　美浜原子力PRセンター
・福井県　大飯発電所　エル・パーク・おおい「おおいり館」
・福井県　若狭たかはまエルどらんど
・愛媛県　伊方ビジターズハウス
・佐賀県　玄海エネルギーパーク

この中では福井県が多いのは、福井が「原発銀座」と呼ばれるほど突出して原発が多いからだ。六か所一五基もあり、全国一位だ。

中でも「ふげん」はもう運転しないと決めたようだが、いつ廃炉にできるのか心もとない。「もんじゅ」は未だに建設中だが、二〇一六年十二月、廃炉になることが決定した。震災後、国内初の運転再開に踏み切ったはずの大飯《おおい》原発も、いつの間にか止まっている〔二〇一八年、3、4号機再稼働〕。

それにしても、原発というのは必ず過疎地にある。

万が一、何かあったときは危険だからということもあるだろうが、基本的には地域活性化のため、過疎地に建てるのだ。なにしろ仕事がないので、これは仕方ない面がある。原発が建つと労働者もくるし、行政や電力会社から金が下りるので、過疎地はこれにすがって生きるより他ないからだ。人は巨額の金と建前があれば、たいてい何でもする。原発となると、多くの自治体は尻ごみするのだが、誘致に力を入れる所もあるのはこのためだ。

だから私は原発について、基本的には反対だったのだが、ある体験を通してこのことを知ってからは、どちらとも言えなくなってしまった。

それは福井県を旅したとき、滞在を一日延ばして原発ＰＲ館に寄ったときのことだ。

原発の入口近くにある路地Ｎに泊まったのだが、ここがまた、やたらと民宿が多い所だった。気になって調べてみると、八四世帯三三〇人くらいの小さな路地だが、以前はこのうち三〇軒ばかりが民宿を経営していた。今でも二〇軒ほどあるから、ちょっとした観光地なみである。ただ唯一違うのは、ここには観光すべきところなどなく、ただ原発とＰＲ館があるだけという点だ。

念のために、事前に民宿に電話すると、一泊二食付きで五〇〇〇円。原発労働者は週単位、月単位で泊まるので、さらに割安になるそうだ。とりあえず一泊の予約を入れて、敦賀駅からレンタカーのナビに入れて向かった。

Ｎは浜辺に面した路地だが、後ろはすぐに崖となっているので、家々が密集している。車で入っていくと、やっと一台通れるかくらいで、運転に慣れていない人は曲がれないのでは、と思うほど道が狭い。山の中の小さな盆地や、海岸からすぐに崖になっているような所は、田舎で土地があっても密集してしまうのだ。

海側の立地の良いところは、海水浴客を当て込んで豪奢な造りの宿もあるが、路地の中にある眺望のない宿は全て、原発労働者のための宿である。昭和四九年に原発ができたとき、原発労働者の宿泊を見込んで、行政から出ている同和住宅融資を利用して民宿に建て替えたのだ。

海側の豪奢な宿にも泊まってみたかったが、一人で泊まっても面白くないし、そんな金もない。だからいっそのこと、原発労働者が泊まっているという宿で、中でももっとも安くて古そうなところに決めたのであった。

しかし、この民宿Nへの入口がどうしてもわからない。

ナビではどうも、公民館の裏にあるようなので、車を公民館に停めて、歩いて裏に回り、ようやく入口がわかった。入り組んだ路地の中に建っていたので、何度も迷った末に到着したのだった。しかし公民館が駐車場になっていて、その裏から徒歩でしか入れない民宿というのは聞いたことがないので面白く思った。

玄関前に立つが、呼び鈴もないし、引き戸を開けても誰も出てこない。

仕方ないのでそのまま上がり込み、さらに奥の方へ行くと廚房らしきところに出た。そこに初老の女が一人、夕食の準備をしていた。私は安堵して「あの、今朝、電話した上原ですが」と声をかけた。

「ああ、上原さんね。ようここの場所わかったね。部屋は二階なんよ。ちょっと待っててね」

そう言うと女将は菜箸を置いて、とっと畳の間に上がり、廊下を先に歩きだした。付いて行くと、二階の階段を上がったすぐそばにある戸をあけて「ここが部屋です。夕食はもう準備できてるから、いつでもどうぞ」と言った。


部屋はがらんとした六畳間であった。

西陽に照らされ、むっとするほど暑く、窓が異常に小さい。頭の上くらいの所に、横に細長くついているだけだ。

海のそばの宿というのに、海はまったく見えない。部屋には机も何もなく、隅に最新式の薄型テレビだけが置かれているのが不釣り合いだった。地上デジタル化のため、これだけ買い換えたのだろう。あとはボロボロになった漫画雑誌が数冊、置いてある。

窓の横を見ると、クーラーだけはコイン式だ。七月二〇日までは有料だが、なぜかその後は無料になると記されてある。今日は七月一三日だから、まだ有料だ。しかも一〇〇円玉は最大で四枚しか入らないという。

一時間一〇〇円だから、四時間しかつかないではないか。今日は日中、三二度まで上がったが、夜もそうとう暑い。暑いのが苦手な私は「果たしてクーラーなしで眠られるだろうか」と不安になった。

あれこれ考えても仕方ないので、とりあえず車に荷物を取りに戻った。

玄関で、ワッペンがやたらと付いた派手なポロシャツの襟を立てた男、小ざっぱりしたシャツと短パン姿の男とすれ違った。話している内容を聞いていると、二人は民宿の客で、どうもこれから街へ呑みに出るらしい。

部屋に戻ると、さっそく一〇〇円玉を入れてクーラーをつけた。

煮しめたような畳の上に座るが、どうも落ちつかない。

そこで初めて、歯ブラシもタオルも持っていないことに気が付いた。仕事の旅だとビジネスホテルに慣れてしまったので、てっきりそれくらい用意されていると思ったのだ。しかしもう夜だし、コンビニまで六〇キロあるから、買いに行くのは面倒だ。

クーラーや歯ブラシなどの些細な心配事が重なったこともあるのか、あんまり落ちつかないので、とりあえず廊下に出た。共同便所を見つけるが、残念ながらすべて和式だった。便所は一階と二階。一階にある風呂をのぞくと、一人はいっていて、シャワーは三人分ある。

とりあえず夕食前に、シャワーを浴びることにした。

タオルがないので、肌着で身体を拭《ふ》く。ざっと水気を拭《ぬぐ》って、食堂に向かった。

身体を拭きながら食堂に行くと、一二畳くらいの畳敷きで、中央に大きな炊飯器と、味噌汁の入った鍋が置かれていた。低くて長い会議用テーブルには、女将の言う通り、すでにおかずが用意されていた。

上半身裸で、下着しか穿いていないがっしりした体格の男が一人、缶ビールを数本あけて黙々と食べている。できるだけ平静を装い、負けじとわざと大きな動作でアグラを組んで座ったりしてみた。

食堂横の厨房に立っている女将に声をかけると、「上原さんはね、あの隅のテーブルです」と指定された。慌てて場所を移動する。

「あのー、ビールありますか」

「ビールは玄関のところにある自販機にしかないんよ。悪いねえ」

仕方なく自分でビールを買ってきたが、これらの失態で私が一見客の素人だということが、上半身裸の男にバレてしまったなと思った。私はぼそぼそと夕食を食べ始めた。

やがて他の客が一人入ってきたのだが、なぜか私の真ん前に座った。食堂には他に半裸の男と私しかいないのに、よりによって私の前に座るとは……。どうも事前に座るところが決められているのだとわかったが、先の失態もあり、私だけが何ともいえない気まずい雰囲気になってしまった。

向かい合った男の着ている作業着には「S電気」という会社名と並んで、本人の名前もフルネームで刺繍してあった。名前だけわかる男と、広い部屋の中、狭いテーブルに向かい合いながら黙々と食べる。かなりの緊張を強いられたが、「なぜオレはS電気の男に、こんなにも気を遣わなくてはならないのか」という心の葛藤もあり、私はご飯をお代わりしてみたり、生ぬるい味噌汁をぐいっと一気に飲んだりして、さらに平然を装うことにした。

夕食は、関西でよく見る細いチューブに入ったポールウィンナーを焼いたのと、レトルトの肉団子だ。小さな鍋が付いていたので、期待して開けてみたのだが、なぜか中には餃子が三個だけ入っていた。わざとやってるのだろうかと一瞬ムッとしたが、前の男は平然と食べているので、私も三個のギョーザをさっさと食べた。

食事を始めてしばらくすると、女将がやってきて、白身の刺身と「これはサービスね」とハタハタの揚げ物を出してくれた。

食事の内容に落胆した私を見て、女将が気を遣ってくれたのかもしれないと思った。しかし他の客には刺身もハタハタも出ていなかったので、女将の余計なお節介で、またもや私だけが浮いてしまうことになった。しかし刺身と唐揚げはおいしく、これで何とか満腹となった。

私の眼の前で黙々と食べている作業着の男は、箸の置き方から食べ方まで、全て神経質なほどきれいだった。食べる前に手を合わせて「いただきます」と言い、食べ終えると「ごちそうさまでした」と、小さくつぶやいた。私はふと、この人は以前、刑務所にいたのではないだろうかと想像してみたりした。

食べた後、女将と何気なく言葉を交わしていると、やがて打ち解けた彼女はこう言った。

「うちは一見さんは泊めないんよ。原電さん関係の人しか泊まらんからね。ここの地区も、八割くらいの人が原電さんの仕事しとるんよ」

私が見た、ポロシャツの襟を立てて街へ出て行く男たちや、上半身裸で夕食をとっていた男、そして私と向かい合って夕食を共にした男も皆、原発関係の仕事に就いている男たちだった。地元では原発のことを、畏怖を込めて「ゲンデン」と呼ぶ。正確には日本原子力発電という、原発の総元締めの会社のことだ。

それにしても、「一見さん」である私をそれでも泊めてくれたのは、おそらく東日本大震災の余波で、原発が止まってしまい、労働者がこなくなってしまったからだろう。

「じゃあ、原発が止まると困りますね」

「そうなんよ。定検のときが稼ぎ時やのに、止まってしまうとそれも無くなるでしょう。だから景気が悪いですよ。いま知事さんが原発なんとか動かしてくれえて、国に頼みに行ってるところですけどね。原電さんのおかげでここは過疎にもなってないからねえ。あの福島の事故は、ホンマに困ったことですよ」

そうか、この人たちは原発で生活しているのだ。もし原発が廃炉になると、この路地にある民宿は、ほぼ全て潰れてしまうだろう。さらに電力会社はもちろん、下請けなどの関係者もみなこの地を離れてしまうことになるから、この地域全体の生活が成り立たなくなる。どっと人がこの地から出て行き、一気に過疎化が進むだろう。

確かに、これは都会に住んでいるとわからない。私はこれを聞いて、一概に「反原発」というのもどうかと思うようになった。福井県は、米軍基地の多い沖縄と同じような状況にあるのだ。沖縄も失業率が全国上位の県だ。

「あんたは原電さんの仕事やないんね。何の仕事ですか」

女将の唐突な質問に、私はとっさに「いやあ、ここの地方の歴史とか調べてるんですよ」とだけ言った。女将は納得していないようだったが、それ以上、何も訊ねてこなかった。正直に言ってもよかったかもしれないが「ただ路地に泊まって、原発PR館を見たかっただけです」とは、どうしても言いにくかった。

居心地の悪い、長い夜が明けた。

クーラーは止まっていたが、少し寒いくらい涼しかった。

「そうか、ここは田舎で海辺だからな」と私は納得し、やはりここは良いところなんだと思った。

支払いを済ますと、早速、近くにある原発PR館に向かった。

原発PR館の良い点は、無料というのに客がほぼ皆無なことだ。ただし館内は「子供むけの全く工夫のない科学館」といったところで、どこも似たり寄ったりだ。金をかけた割には、何とも無機質な空間で、これではよほど幼い子供でも行きたがらないだろうなと思った。このＰＲ館には、展望台もある。食堂のあるＰＲ館もあるが、ここには食堂はないかわりに、地元特産の土産物が充実していた。

客がいないのは、平日しか行ったことがないためかもしれない。それで受付嬢に「ここは週末はどうですか」と訊ねてみると「えーと、今日より、もうちょっと多い程度ですね」と言った。

この受付嬢と話していると、意外にも客が横を通った。子供と母親の二人だ。面と向かって確かめたわけではないが、慣れた雰囲気からリピーターのようで、原発関係者の家族ではないかと想像したりした。

やがて受付嬢はまるで素っ気なくなり、一昔前の役場の人のように無表情で返事を繰り返すのみだったので、仕方なく引き下がって展示物をさっと見ることにした。変な人に思われたのかもしれない。

帰り際、出口付近の展示に『放射能を浴びたらどうなる?』というタイトルで表にしてあったので、順を追って見ていると、最後に「いっぱい浴びたら死にます」と書いてあった。

## 七　殺人のあった部屋

沖縄本島中部に恩納村《おんなそん》という、観光で知られた村があるが、私はそこにある大型ホテルが所有するプライベート・ビーチで、半日だけ日光浴をしたことがある。

沖縄といえば、那覇以外ではいつも一泊三〇〇〇円程度の民宿に泊まる私が、このような大型観光ホテルのプライベート・ビーチで寝そべっているのは、自分でも奇異なことだった。プライベート・ビーチをもつこの大型リゾートホテルは、一人一泊四万円もする。

おおよそ、そのようなリゾートホテルに縁のない私が、なぜこのようなところに泊まり、翌朝からビーチで寝そべることになったのかというと、このホテルのある部屋で、かつて新婚の男女による凄惨な殺人事件が起こったからだった。

事件はもう二〇年以上前のことだ。このリゾートホテルの九階にある部屋に、新婚カップルが新婚旅行で泊まっていたのだが、些細なことから部屋で喧嘩になってしまった。激昂した新郎は、花嫁をビール瓶で殴り、その勢いでベランダから花嫁を投げ落として殺してしまったのだ。

昔の小さな事件ゆえすでに風化しており、念のためネットで検索しても出てこない。私はある図書館で、古い雑誌記事からその事件を拾ってきたのである。

沖縄に取材で行くことが決まったとき、私がふとある雑誌連載担当のH氏にこの話をすると、彼は非常に面白がって「取材経費に余裕があるから、そこに泊まりましょうよ」と言う。

「泊まりましょうっていっても、一泊四万円ですよ」

「いいじゃないですか、事件のことを少し書いてもらえれば、大丈夫ですよ」

「しかし、その部屋に泊まらないと意味ないから、今からじゃ部屋がとれないかも」

「とりあえず、部屋をおさえておきますよ」

私たちが泊まっていたのは主に民宿で、よくて那覇市の東横インだった。それが高級ホテルに泊まれるというので、私もそのときは単純に嬉しかったものだ。

ホテルに電話し、わざわざ事件のあった部屋を指定してみると、これがまたすんなり取れた。もう二〇年前の事件でもあるから大方、今の従業員も知らないのであろう。

ホテルでチェックインを済まし、部屋に入ってみると、これがまた何となく薄気味悪い。

ホテルは内装こそ豪華なものの、建ってからずいぶん経つからか、全体的に薄暗いのも気になる。

ただ室内の調度品は文句なく、分厚いダブル・ベッドが二つある。荷物をそれぞれの場所に置き、くつろぎながら私は言った。

「しかし一泊四万円もするリゾートホテルとはいえ、あんまりぞっとしないね」

「そうですかね、私は全然、気になりませんよ」

「へえ、気持ち悪くないんですか」

「私はそんなに気にならないですね」

「しかし、あなたは幽霊の存在を信じてるんでしょう」

「ええ、幽霊は絶対にいますよ。私の妹は、私が小さい頃に亡くなっているんですが、毎年、妹の命日になると実家の古い時計がボーンボーンと鳴るんですよ」

「それは時計が壊れているだけですよ」

「いいえ、絶対に妹の霊です。上原さんは霊の存在をまったく信じていないくせに、この部屋で寝るのは怖いんですか」

「いや、怖くはないけど……。なんだか薄気味悪いんですよ」

「そうですか。私はぜんぜん平気ですけどねえ」

花嫁が投げ落とされたベランダからは、沖縄らしい明るい陽光と海原が広がっていた。私たちはきっと、ホテルの人たちにゲイのカップルだと勘違いされていることだろう。

ベランダに出て下を覗き込むと、ちょうどホテルに付いている結婚式場の上であった。この部屋は九階だが、結婚式場の屋根が二階分くらいはあるだろうから、ちょうど七階分の高さから落ちたことになる。

私は以前、付き合っていた看護師から「今日もダイブした人が救急で来たんだけど、まだ生きてるのよね。やっぱり七階が一つの境目ね。七階以上だとほぼ確実に死ぬんだけど、それより下だと、まだ生きてることがあるのよ。だけど生き残っても、打ちどころが悪いとかなり後遺症が残るから、死なせてあげた方がいいかもしれないわね」などという話を聞いていた。

花嫁は「生死を分ける階」から投げ落とされたわけになるが、おそらく頭から落ちたのだろう。即死だったそうである。それにしても、そうした事件さえ知らなければ、やや古いだけで文句のない完璧なリゾートホテルである。

それにしても、この編集者H氏に限らず、一般に霊を信じている人ほど、殺人のあった部屋でも平気だという人が多いのは不思議なことだ。私は幽霊など信じていないのだが、殺人のあった部屋には気味悪くて泊まれない。

旅先でよく聞く話は、ホテルに入ったら、まず壁にかかっている絵画などの裏を確かめろというものだ。ホテルは多くの人が泊まるので自殺など、何かと事件が多いから、そうした事件のあった部屋には必ずどこかに魔除けのお札が貼ってあるという。都市伝説の一種だ。

私も気になって確かめたことがあるが、何度目かに面倒になって止めてしまった。偶然に泊まったホテルの部屋であった事件など知りようがないのと、そんなことを考え出したら旅などできないからだ。

しかし、一泊くらいならまだしも、私は殺人のあった部屋でそれ以上寝ることは絶対にできないだろう。霊の存在については、どちらかというと頭から馬鹿にしている。だけど殺人や自殺などの事件があった部屋では暮らしたくないのだから、これは確かに矛盾している。しかし怖いのだからしょうがない。


私は殺人のあった部屋、ないしはその隣の部屋で暮らしていた人を、三人知っている。

一人は強盗殺人があった部屋で、私の知り合いの男は今も、女と二人でそこに暮らしている。一度訪ねてみたことがあったが、昼間でも薄暗い。広いのだけが取り柄だと彼は言った。それと家賃も多少、安いのだという。この男はその後、私がいろいろ面倒をみてやったのに、恩を仇で返すようにして蒸発してしまった。多分、いろいろ面倒をみたと思っていたのは、私だけだったのだろう。

もう一人は私の姉で、これは殺人とは言えないだろうが、前の住人が冬に酔っぱらってベランダで寝てしまい、凍死してしまったのだ。しかし姉は家賃が安いといって何年か住んでいた。知り合いの男も姉も、霊の存在を信じていて、ことに姉は非常に信心深い。なまじ霊と交流があるから、怖くないのかもしれない。

最後の一人は、一九八七年に神奈川県のある町で起こった殺人事件だ。この事件は当時、「悪魔払いバラバラ殺人事件」としてかなり話題になった。

夫が悪魔にとり憑かれたと信じ、アパートの一室で祈禱していた妻とその従兄だったが、ついに祈禱の末に夫を殺してしまった。女と従兄は、霊魂はまだ生きていると信じ、さらに男を清めるため死体を細かく刻み、トイレなどに流していた。

男の両親が、連絡の取れないのを不審に思って警察に通報、地元の警察官が部屋を訪ねてみると、女は開けようとはしない。仕方ないので、大家に掛け合って鍵をあけると、ちょうど女と従兄は音楽をかけながら、男の肉片を切り分けているところだった。その女はもう残り少なくなった男の肉と骨片を持ったまま、「彼はまだ死んでない」と言い張っていたという。

私はとくにこの事件を取材したわけではないのだが、この事件のあったアパートの近くに用があって一人で来ていたので、ついでに訪ねてみたことがある。

事件当時の新聞記事を見ていたので、アパートはすぐにわかった。部屋の前までいって呼び鈴を鳴らしてみたが、どうも留守のようだ。部屋の外には段ボールが置かれ、洗濯物も干されている。誰かが住んでいるようだ。

私は「こんな所によく住めるなあ」と思いながら帰りかけたが、その外観から、ふと、このアパートは部屋の間取りが全て同じだと気がついた。一人住まい専用のアパートなので、窓の位置から何から何まで同じなのだ。

もしかしたら、死体をバラバラにした部屋の隣にも、誰か住んでいるのではないか、その部屋を見せてもらえたら、事件の状況が少しでも想像できるのではないか。そう考えた私は、また部屋まで引き返して、今度は隣の部屋の呼び鈴を鳴らしてみた。

出てきたのは学生風の若者で、髪の毛をぼさぼさにしたまま、扉から首だけ出してこちらを見ている。

「すみません。ちょっと以前あった事件の取材で来てるんですが、隣の部屋にはどなたか住んでおられますか」

「ええ、住んでますね」

「その人は、学生の方ですかね」

「いえ、働いているみたいですよ。なんかバイトしてるって話を聞いたことがあるから」

「失礼ですが、あなたは学生の方ですか」

「ええ、そうです」

「あのう、隣の部屋で殺人があったことはご存じですか」

「ええ。知ってますよ」

「あ、知ってておつ住まいなんですね。しかし、どうやってそれを知ったんですか」

「部屋を見るときに不動産屋さんに言われて……。そのときは『ちょっと隣の部屋で事故が起きた物件なので、少し安くできます』って言われたので、とりあえずここに決めたんですけど、引っ越してから、大学の図書館で古い新聞記事を自分で探して知りました」

「そうですか。しかし、バラバラ殺人のあった部屋の隣っていうのは、気味悪くないですか」

「はあ。ぼくは特にそんな風には思わないですね」

「あのう、ちなみに霊の存在とか信じてますか」

「ええ、信じてますよ」

「でも気持ち悪くない……」

「そうですね。特に気にはならないですね」

私はその学生に頼んで、部屋の中を見せてもらった。六畳と四畳半の、いわゆる二ＤＫだ。祈禱して殺してしまい、そのまま死体をバラバラにしたにしては、かなり狭く感じた。

快く部屋を見せてもらった学生に礼を言って、私はアパートを出た。

しかし、私だったらいくら安くても住むのは無理だろう。では自分はどこまでの事件なら住めるだろうかと、ちょっと考えてみた。

例えば昔、古戦場だったという場所なら特に問題ないだろう。そんなところは日本中、いくらでもあるからだ。東京で大事件となったホテルニュージャパン火災跡も、ちょっと気になるがとくに問題ない。この跡地は長らく廃墟となっていたが、今は高層ビルになっている。しかし、江戸時代の処刑場跡までくると、やはり気味が悪い。この辺りからもう私にはとても住めないが、その基準についてはあいまいで、自分でもよくわからない。ようは気の持ちようなのだろう。

とにかく、「霊は信じないが、殺人のあった部屋は怖い」という私と、「霊の存在は信じているが、殺人のあった部屋はべつに怖くない」編集H氏とで、ホテルのレストランで豪勢な夕食をとった後、私たちは部屋に戻った。

昼間は部屋の窓から一面の海が見渡せたのだが、夜は真っ暗になるから、部屋に戻ると何も見えなくてちょっとがっかりした。海辺のホテルではよくあることだ。

もう夜も遅かったので、編集者は「先に休ませてもらいます。おやすみなさい」と言って、さっさとベッドに入った。私はまだメールの処理や原稿があったので、壁に向けて備え付けられているデスクに向かって一仕事することにした。

それから一時間くらいたっただろうか。私はふと、隣の部屋から人の話し声がするのを聞いた。はた迷惑なことだ。よりによって殺人のあった部屋の隣から話し声がするとは、古いホテルはこれだから嫌だと思いながら、またパソコンの画面に目を移した。

しかし、隣の部屋の声にしては、どうも話し声が近い。同じ部屋の中で、誰かが話しているように聞こえるのだ。

しかし、何を言ってるのかよく聞き取れない。私は気味が悪くなり、立って部屋を見渡した。テレビの後ろや、冷蔵庫かなと思って近くにいって耳をすませるが、今度は何も聞こえない。

おかしいな、と思いながら、またイスに腰掛けるが、もう机に向かえなくなっていた。部屋に背中を向けることができないのだ。もう仕事どころではない。とにかく怖い。幽霊がどうとかではなく、私は単に怖がりなのだ。

仕方ないので、イスの向きを変えてぼんやり座って部屋を眺めていると、やがて謎の声の原因がわかった。

この部屋に寝ているH氏が寝言を言っていたのだ。それもわけのわからないことを言うのではない。

「へえ、そうですか。なるほど。それは大変ですね」

「だからそれは私の金ですよ。あんたのじゃない」

理路整然と、誰かに話しかけているのだ。

私はあまりの恐ろしさに気が狂いそうになり、H氏を無理に起こして「ちょっと、あなた寝言いってましたよ。もう勘弁してくださいよ」と情けない声をかけた。

急に起こされてぼんやりしていたH氏は「私は寝ると必ずハッキリした寝言をいうらしいんですけど、気にしないでください」と言って、またすぐに横になってしまった。「それを早く言ってくださいよ」と言い返したが、H氏から返答はなく、やがて小さないびきが聞こえてきた。

部屋の話し声の出処がH氏だとわかったのはいいが、誰かに向かってはっきりした口調で話しかけているので、事情がわかった後でも気味が悪い。

私は結局、その晩はほとんど眠れなかった。横になって、そろそろ眠くなってきたなあと思うと、今度はH氏が「だからー、それはオレの金だってッ」などと叫ぶのだ。彼の妻はいったい、どう対策を立てているのだろう。

それで翌日は寝不足だったこともあり、朝食のときにH氏にひたすら嫌みを言っていると、H氏は当初の取材予定を変更して、ホテルに付いている浜辺で半日だけ日光浴することにしてくれた。

日光浴をしながら、私は考えていた。

幽霊の存在を信じる人が、押し並べてみな「殺人のあった部屋はべつに怖くない」と言うのはどうしたことだろう。普段から霊に近いから、怖くないのだろうか。そして霊を信じていない私が、霊を怖いと感じるのはかなり矛盾した話ではないかと思った。

# 八　温泉芸者

　十数年来の付き合いである編集者H氏と、今度はどこへ旅しようかと相談していると、やはり一度、「温泉芸者」なるものを呼んで遊んでみたいという話になった。

　しかし、私はその手の女性との会話がどうも続かないので、高い金を出してまで楽しめる自信がなかった。こうした場所では、当人の本性が出てしまうように思う。

　私の本性は、どうも格好つけの見栄っ張りにできているようで、それで無口になってしまうようだった。これは一時、キャバクラが流行った時分に行ったので、よくわかったのである。こういうところは、先に馬鹿になった方が勝ちなのだろうが、私はいくら呑んでも馬鹿になれなかった。酒を呑んでも酔わないのは、やはり気を許せてないのだと自己分析してみたりした。

　だから「高い金を出して、気まずい思いをするのはどうも気が進まないね」と反対すると、

H氏は「大丈夫ですよ。ぼくが盛り上げますから」というので、私も単純なもので、じゃあ行こうかとなった。

だとしたら、どこに行くかだが、山梨にあるI温泉にはその手の女が沢山いるという。しかしこれは温泉コンパニオンで、芸者ではないようだ。

ところで温泉コンパニオンと温泉芸者はいったい、どこが違うのだろうか。単純に考えると、ただ芸者の方が着物を着て、ちょっと芸ができるということだろうか。

私の父の再婚相手は、元は福井の温泉コンパニオンだったと聞いているが、父も大阪から福井まで、かなり通ったクチなのだろう。そういったことは金がないと無理な相談だし、だいたい「芸者をひかせて妻にする」のと比べて、「温泉コンパニオンを妻にする」というのは、どうも今一つ、知性と教養が感じられない。

私もこの再婚相手に会ったことがあった。「小さいときから苦労して、可哀想に」と私にしきりに同情するので、嬉しくなってそれから何度か父の家に遊びに行くようになったのだが、しばらくすると父から「家に来んと、仕事場に来い。嫁がうるさいんじゃ」と言われた。私は憮然としながらも、このあたりが元は温泉コンパニオンの薄情なところだと決めつけた。なんとなく芸者の方がまだ苦労しているだけに、もう少し知性も教養も情もあるに違いない。

数日して、H氏から「穴場が見つかった」と連絡があった。聞いてみると、福島会津の温泉に芸者がいるという。

「しかし、震災で客がいなくなって、もう芸者も駄目になったんじゃないかなあ」

「いや、まだ大丈夫みたいです」

「ちょっと、あなただけだと信用できないから、自分で電話して確かめるから、連絡先を教えてください」

それで教えてもらった温泉宿に連絡すると、まず女将が出た。

予約のついでという風を装って「ところで芸者さんは呼べますか」と訊ねると、「はい。呼びますか?」ときたので「お願いしたいのですが」と言うと、「好みはありますか」ときた。

好みといっても、ここは性風俗ではないし、電話で伝えるにはおのずと限界がある。

「そうですねえ、なんでも、芸ができる子がいいです」

温泉コンパニオンと違う点は、何といっても着物と芸である。私は自分ではうまい言い方だと思ったのだが、女将は次に「では鳴り物さんもいりますか」ときた。

「鳴り物さん」というのは、太鼓も範ちゅうに入るのかもしれないが、大方、三味線のことだろう。

しかし、これだと芸者を三名も呼ばなくてはならないと出費のことを心配した私は「いや、まあ、とりあえず踊れる子がいれば、という意味です」と、しどろもどろで言うと女将は「わかりました」と何がしか悟ってくれたのか、無事に電話は終わった。

それで翌週にはH氏の運転する車で、会津に向かった。

何も会津くんだりまで行かなくても、伊豆にも芸者くらいいるだろうと人は思うかもしれない。私も最初は、そう思った。しかし伊豆よりも、もっと田舎の方がスレていないかもしれないと期待したのである。伊豆だと東京あたりから金持ち連中が来ているだろうから、こちらがかなうわけがない。べつに対抗しているわけでもないし、対抗したところでかないっこないのだが、出会いというのはどこでどうなるかわからない。

宿は古いが落ち着きがあって、なかなか趣がある。中庭には鯉が泳いでいたりしている。これでは芸者が外れても、宿がいいから大丈夫だなと、私は安堵した。とりあえず風呂に入って、夕食まではビールを飲んで、H氏と昨今の出版事情について、あれこれと話をした。

H氏は「あの人気女流作家は、軽井沢で男を飼っている」だの、「小説で当てたあの人は、箱根の老舗温泉に時々泊まっては文豪風をふかしている」だの、一々、こちらの興味あるようなことを話す。私も本を一発当てたら、かつての文豪たちのように老舗温泉にこもるようなこともできるのだろうかと妄想したが、どう頑張ってもそのような自分の姿を想像することができなかった。

ようやく晩飯の時間がきた。それにしても旅館というのは時計を置かないクセに、時間にはうるさい。だったら部屋に時計を置けばいいのにといつも思うのだが、「時計がないのがいいんです」などと言う。それなら晩飯も自由時間、朝飯も自由時間にしてから、時計を撤去すればいいのに。

晩飯は食事処で食べるのだが、我々は温泉芸者を呼んでいるから、個室をあてがわれた。しばらくは二人とも、やや緊張して呑んでは食べていたのだが、そのうちに、料理をすべて食べてしまった。

「芸者っていうのは、食べてる時に来るんじゃないのかなあ」

私がそう不審を口に出すと、酒と料理で腹がいっぱいになり、もどしそうになっているH氏は、

「やっぱり食べてから遊ぶんですよ」

と、根拠のない自信を述べる。

いい加減に退屈になってきた頃、ふすまの向こうから「失礼します」といって、着物姿の若い女が二人ばかり部屋に入ってきた。

「私が桜です。こちらがまだ初心者の……はい、自分で自己紹介して」

「はい、金太郎です」

自己紹介はいいのだが、「金太郎」という名には驚いた。とりあえず金太郎の方をH氏の隣に座らせ、私の隣には桜という芸者を座らせた。これも後で思えば、よかったのかどうか、わからない。

「初心者というのは、初めてのお座敷ってこと?」

　私がそう訊くと、金太郎は「いえ、二回目です」と答えた。それで「どうして金太郎という名なの」と訊ねると、どうも芸者というのは、男の名を付けた方が出世するという謂《い》われがあり、特に珍しいことではないという。私はそんな基本的なことも知らなかった。

　名前の件はそれで片付いたのだが、二人ともお酌をするだけで、特に何をするということもない。H氏は金太郎と二人で話している。こちらは全く盛り上がっていないので、焦燥感がつのるばかりだ。

「桜さんは、いくつなの」

「二一になります。これ、振袖なんですよ」

　桜が立つと、確かに振袖だ。結婚したら着られないものだと聞いたことがある。それで自慢しているのだろう。なるほど、振袖には名前にちなんで桜が散りばめられている。「きれいなものですね」と言うと、「ありがとうございます」と言った。

　手持無沙汰なので「何か踊りはできる?」と訊ねると、「はい、じゃあ用意しますね」と言って、ふすまの奥から持ってきたのは古い形のCDラジカセだ。

　流れてきたのは、どこかで聴いたことのある歌謡曲で、それに合わせて桜はしずしずと踊っている。私は演歌や歌謡曲が嫌いだ。しかもCDラジカセで音楽を流すというのは、ある意味レトロではあるものの、私が想定していたのは同じレトロでも、もっと昔のものだから、ちょっと憮然とした。

「しかし、芸者さんってもっと歳がいってると思ってたから、若くて意外だったよ」と、弱者の前では強気に出るH氏がそう言うと、「私たちが一番若くて、あとはずっと歳が離れます」と桜が言う。

芸というのは、ある程度、歳がいっている方がいいのではないかと思ったので、「いや、予約するとき、単純に芸のできる子をって言ったんだよ」と私が言うと、「芸の上手い芸者なら、もっといっぱいいますよ。私たちが一番下手です。でも私たちの方は『一番若い子を』って言われたと聞いてました」と言う。

話のつじつまを合わせてみると、どうも私がしどろもどろで「芸のできる子を呼んでほしい」と言ってから「踊れる子を」と言い直したのを、宿の女将が「ああ、これは若い子を呼べということだな」と、気を利かせたようだった。私はとにかく、鳴り物の人も来て三人分払わされるのはかなわないと心配しただけなのだが、とんだ誤解である。

しかし一応、互いの誤解がとけたのか、それからは話がはずんだ。どうも先方では、「若い女好きの金持ちエロジジイ」を想像していたそうで、ちょっと警戒していたのだという。

まあ、誤解がとけてよかったと、酒もすすみ、やがて身の上話となった。

「私も最初はキャバクラで働いていたんですけど、震災もあってダメになったので、長く続けるなら芸者がいいって聞いて、それで二年前に芸者になったんです。金太郎ちゃんはまだ三か月」

「やっぱり、入口はそっちからなんだね」

「でも、今もスナックで働いてますよ。だって芸者っていっても、これ一本じゃ無理だから、普段はスナックにいて、声がかかったときだけ芸者するんです。だけど、お客さんとマンツーマンっていうのは珍しいですよ。私だってまだ団体さんじゃないお座敷は二回目です」

「他は団体客なの？」

「全部そうですよ。お客さん三〇人に、私たち三人とか。お酌に回ってるだけで終わりますよ。だから今日はどんな歳とった人なんだろうって、二人で相談してたくらい」

確かに昨今の景気では、マンツーマンで二時間三万円もする芸者を呼ぶのは難しいだろう。しかし三〇人に芸者三人というのも味気ないから、遊びというものは金もかかるし難しいものだ。

「そろそろお時間ですけど、どうしましょうか」

桜がそう言うので、腕時計を見ると午後九時半だ。さらに延長するとなると、延長料金がかかる。一瞬、躊躇したが「延長でいいよ」と言ってしまった。このあたりが私の格好つけの見栄っ張りなところで、中途半端ができないのである。いつも金がないのは、このためである。

四人で話し合いの結果、H氏と金太郎はここで呑むということになった。それで私は桜に「ずっと着物じゃ疲れるだろうから、着替えておいで。どこか他で呑もう。食事もまだだろう?」とたずねると「わあい、ご飯まだだったんです。ありがとうございますぅ」と妙に語尾を伸ばした。

しかし、宿の周辺にはラーメン屋があるだけだったので、着替えてきた桜と、仕方なくラーメン屋でビールを呑んだ。ますます知性と教養から離れ、限りなく温泉コンパニオン化してしまっている。

「金太郎ちゃん、今頃うまくやってますよ」

酒がすすんできた頃、桜がちょっと意地悪そうな顔をして言うので、意外にH氏はもてるんだなと思ったら、そうでなくて金太郎は「床上手」なのだと言う。

「まだ二一なのに、よくそういう言葉知ってるねえ」

私が感心していると、桜は続けてこう説明した。

「金太郎ちゃんは、アレをするとき、男の人を絶対に上にさせないんですよ。そうすると、男の人はたいてい、夢中になるんですって。『私のこと忘れられなくなる』って、いつも自慢してるんです。そうしてお客さんからいくらだか取るんですよ。置屋にバレたら大変なことになります」

「うーん、それは魔性の女だな」

「だから、金太郎ちゃん、旅館に残りたいって言ったんですよ。今頃、お相手の方はむしり取られてますよ」

「そうか。いや、しかし床上手なんだったら、そうなのかもしれないね」

私は男を絶対に上にさせないような女に出会ったことがないので半分、H氏が羨しいような、いや「知性と教養」が第一だという葛藤に阻まれて、よくわからないことをつぶやいた。

「桜ちゃんの、この傷はどうしたの」

私が桜の手首についている、火傷のような痕《あと》について不躾《ぶしつけ》に訊ねると、桜は特に気にしていないのか、「彼氏の名前をタトゥーで入れてたんですけど、別れたんで根性焼きで消したんです」と言った。

またずいぶんなカミング・アウトだなと思ったが、「そうか、君もいろいろあったんだね」としか言えなかった。

「でも私、芸者になろうって決めてからは、日本舞踊と三味線のお稽古にも、真面目に通ってるんですよ。だからお客さんで贔屓してくれる人もいます」

確かに歌謡曲とはいえ、客の前で一曲踊れるのだから、二年しかやってない割には上手いのかもしれない。

「今年は、東京の国立劇場で初めてのお披露目もしたんですよ」

「お披露目って、発表会のこと?」

「そうです。お囃子の人も二〇人くらい付けて。どうせやるなら派手にやりなさいって先生が言うから、ご贔屓さんにお願いして。全部で二〇〇万円くらいかかったんですよ。後で『あんなに派手なお披露目は初めて見た』なんて言われて、恥ずかしかったです」

私はラーメンをすすりながら、二〇〇万は無理だなあと思った。やはり芸者遊びは、金持ちの道楽の一つなのだろう。

「彼氏はいるの?」

「本当は言っちゃダメなんですけど、いますよ。でも震災があってから、今は仕事の関係で仙台に住んでるんです」

桜がラーメンに酢を入れて食べ始めたので、私はてっきり何かと間違えたのだろうと思い、慌てて止めると「え、普通入れません? やってみてください。美味しいですよ」と言う。私は酢が苦手なので、それは勘弁してもらった。

「じゃあ」と言って別れるとき、私はタクシー代にと三〇〇〇円を握らせた。このときなぜ一万円を渡さなかったのかと、私は自分のケチくささを今に至るも後悔し、激しく落ち込むことがある。

宿に帰ると、H氏はひと風呂浴びたのか、やけにさっぱりした顔をしていた。あれからの展開を何か話したそうな雰囲気だったが、私はすでに桜からあらましを聞いていたので、「そっちはいくらかかった?」と言ってやった。H氏はびっくりした顔をしていたが、私は早々に布団に入った。しかし満腹のあとにラーメンまで食べたので、気分が悪くてなかなか寝付けなかった。

「芸者あそびは楽しいか」と聞かれたら、何と答えればいいのだろう。話し相手がいる分には、楽しかったともいえるだろう。

しかし私には、桜の腕に入っていた根性焼きの痕と、三〇〇〇円というケチな車代だけがいつまでもしつこく重く、思い出されるのである。だからきっと「わからない」という、気の利かない答えしか言えない。

## 九　売春島

売春島の噂を聞いたのはもうずいぶん前で、おそらく二〇年くらい前になる。なんでもその島全体が売春業を営んでいるという話であった。本当だとすれば、現代の女護ヶ島みたいな所である。

女護ヶ島というのは、井原西鶴の『好色一代男』に出てくる女だけが住む架空の島のことだ。この物語は、主人公の世之介があらゆる色道を経験した後、女たちとありったけの性具を載せて、船で女護ヶ島を目指して終わる。そのような島が本当にあるのだとしたら、これはぜひ行ってみなければと思い、編集H氏と共に出かけたのだった。

H氏が調べてくれたところによると、元々の島民約二〇〇人あまりのところに、移り住んで来た風俗の女性が二〇〇人はいるということであった。それが本当なら、島の住人の半分が風俗嬢ということになる。これはますます女護ヶ島めいてきた。場所は三重県の外れにある。交通費を浮かすために二人で交代しながら車で向かったこともあり、着いたのはもう夜更けになっていた。

小さな波止場に車を置くと、あたりはしんとして、ただ波の打ち寄せる音がするだけだ。この辺りはかなり入り組んだ入江になっているので、島影がいくつか見えて、どこがその女護ヶ島なのかわからない。海岸線に沿って民家の灯が見える。ただ「W島 渡し場」と看板があるので、ここに違いないのだが、もしかしたら渡し船はもう仕舞いの時間かもしれないと心配した。しかし、海を眺めていたら、ほどなくして渡し船がやってきた。

渡し船は二〇人くらいが座れる船で、W島へは五分ほどだという。私は船が苦手なので、これは楽だなと思った。二人で所在なく座っていると、船頭の方から声をかけてきた。

「お客さん、遊びかい」

「ええ、そうです」

私に代わってH氏が答えた。

「もう、宿は決まってるのかい」

「いや、まだどこにするかは、わからんのです」

「ショートとロングがあるが、どっちだい」

「あのー、ショートとロングっていうのは、どう違うんでしょうか」

「ショートっていうのは二時間で、ロングっていうのは泊まりのことだよ」

「できれば泊まりたいんですけど、予約してなくても泊まれますかね」

「ああ、このおっちゃんに任せておけば大丈夫だよ」

しかし今までの経験上、こうした客引きに紹介された所では、紹介料などが余計にかかる。根がケチな私は、それを確認しなければ気が済まなかった。

「あのー、おじさんには紹介料とか入るのですか」

「ああ。だけどボッたりしないから安心していいよ。この島はなあ、どこでもショート二万、ロング四万ていうきまりなんだ。もし不審だったら、宿のばあさんに訊いてみなよ。ただし、渡し賃だけは別にもらうよ」

そのときになって、私とH氏は船賃を訊くのを忘れていたことに気が付いた。

「あのー、船賃はいかほどなんですか」

「一人三〇〇円だよ。地元の人は一五〇円。これだけはまけられないよ」

船頭はそう言うとハハハと笑った。

船は昔あったポンポン船みたいなもので、多少揺れてもすぐ着くと聞いていたから、乗っていて楽しくなってきた。

「ほら、あそこに提灯が見えるだろ。あの下にババアがいるから」

「あの提灯ですか、なるほど」

船が着くと、一斉に客引きが押し寄せてくるかと思っていたのだが、辺りはしんと静まり返って、不気味なほどだ。


船頭に礼を言って島に下りると、港には立派な旅館やホテルが建っているだけだ。できるだけ出費は抑えたいので、私たちはとりあえず島の中に入って、できるだけ安そうな民宿を探すことにした。すると、すぐに一人の婆さんが物陰からやってきた。

「ニイちゃんたち、船頭さんに言われたやろ。提灯のところやって」

「ああ、うん」

「こっちおいで、こっちやで」

「初めてやから、ちょっと歩いてみるわ」

私が関西弁で返すと、それでも心配なのか、婆さんも一緒に付いてきた。

これは翌朝わかったことなのだが、この島は、歩いても五分ほどで行き止まりになるほど狭い。住民五〇〇人だからそれも当然だが、ぽつん、ぽつんとスナックや民宿があるだけで、あとは住宅地である。あまりに素っ気ないので、私もH氏も拍子抜けした。もっと派手なのかと思っていたのだ。

通りの影から、また違う婆さんが出てきて「ニイちゃん、どこ行くの。どこでも一緒やで」と呼び込みを始めた。手で制して話をしようとすると、それまで後ろに控えていた最初の婆さんがそれを遮った。

「コラッ、このババ、うちの客に何言うんや」

「なにがじゃ、声かけるんは自由じゃ」

そう言って、しばらく婆さん同士の喧嘩が始まったので、私たちはどちらも嫌になってしまった。しかし、これも後になってわかったのだが、この島の呼び込みには「先に声をかけたものが交渉権をもつ」という不文律があって、最初の婆さんはこのことで怒っていたのだ。

あんまり放っておくのも剣呑なので、「わかった、わかった。おばちゃんに任せるから、頼むわ」と、私は最初の婆さんに声をかけた。「そうか、決めてくれるか」と婆さんは安心したようで、私の手をとって、とある古くて小さな民宿に連れ込んだ。一五畳くらいの広間に案内され、私たちは座って待つことになった。

「女の子は選べるの」

「はい、今日は四人いるから。いま呼ぶからちょっと待っててや。ニイちゃんら、晩ご飯は食べてきたんか」

「食事は済ませたよ」

「ロングでええんやろ」

「そのつもりやけど、ロングでいくらなん?」

「ショートで二万、ロングで四万や。泊まるところは別にあるからな。ちょっと待っててや」

婆さんが電話している間、私たちは「なんだか気味が悪いほどの明朗会計だな」と話し合っていた。しかし、こういうときの料金交渉はいつも難航するので、一律に決まっているのは手間がはぶける。

W島がなぜ売春を生業にするようになったのかは、この島が特殊なことから、わりあい研究が進んでいる。

まず平地がほとんどなく田畑ができないため、仕事は全て漁業か渡船しかなかった。昭和初期までは台風などで海が荒れると、この島にとりあえず停泊してやり過ごすのであるが、その間、大変ヒマになる。そこで船員のために売春婦を呼んで置いたところ、やがて海が荒れてなくてもこの島に寄っていく船も出てきた。次第に馴染みの女ができると、さらに船が立ち寄るようになる。こうして漁業しか仕事がなかったこの島に、売春婦が多くいるようになり、船が立ち寄らなくなった現代でも、売春を生業とするようになったのだそうである。

この島が「売春島」と呼ばれるようになったそもそもの原因は、まず島民の数が非常に少ないため、風俗嬢の人口が島民と同じくらいになることもあったからだ。風俗業を始めるきっかけとして、漁業しか成り立たない島にとって日銭が稼げるというのは最大の魅力であった。そのうえ風俗だと一度に入る金額が大きい。

しばらく待っていると、三人ばかり女の子が広間にやってきた。この中から選べという。歳はだいたい三〇歳くらいだろうか。どれも同じ顔に見えてよくわからない。大体、さっき四人と言っていたはずなのに、三人しかいない。

私がやや憮然としていると、H氏はたいして気にしていないようで、無言で女の子を見つめている。下世話な話になってしまうが、H氏はいわゆる「隠れ巨乳」を見つける天才で、横に私がいるのもお構いなしで、ねっとりと女の子をねめつけている。彼の説によれば、隠れ巨乳を見つけるコツは胸のふくらみはもちろん、肩幅などの骨格から割り出して推測するのだという。「骨格が大きければ、大きな乳を付けられる」というのが彼の説で、確かに妙に理屈が通っている点が不気味ではあった。

すると突然、「決まりましたッ」とH氏が声を上げた。「どの子ですか」と訊ねると、真ん中の子にするという。大方、この子のおっぱいがもっとも大きいと踏んだのだろう。私はおっぱいよりもおしりが好きなのだが、女の子たちは座っているのでよくわからない。それで左端の髪の長い、細い女の子を選んだ。

女の子を選び終えると、部屋に案内されたが、ただテレビがぽつんとあるだけの殺風景な八畳間だ。

「ほんだら四万円と、宿泊代五〇〇〇円で、お一人さま四万五〇〇〇円です」

こうなったらむしり取られるままである。まあ、五〇〇〇円くらいは仕方ないだろう。私たちから計九万円を徴収した婆さんは、「ごゆっくり」と言って引き下がった。

「ごゆっくりって、どういうことなのかなあ。個室に泊まるんじゃないの」

私が不安げに言うと、下調べをしていたH氏は自信をもって解説し始めた。

「ここから女の子の住んでるアパートに行くんですよ」

「本当に住んでるアパートに?」

「そうそう」

「なんか不用心だねえ。変な客もいるだろうに」

「でも、そこがちょっと所帯じみてていいんですよ」

「確かに、一晩一緒というのは、昔の遊廓に似ていいね」

「そうでしょう」

「しかし、いつ呼ばれるのかな」

「うーん、どうなんでしょうね。ぼくもさっきの広間から行くのかなと思ったんですけどね」

「多分、一旦部屋に案内して宿泊代を取らないと駄目なんだろうな。それで女の子のアパートに自分で呼ぶ分には、自由恋愛だから合法ってことなんだろうね」

「なるほど」

それでしばらくは、それぞれ勝手に想像を膨らませて話していたのだが、やがて旅の疲れが出て私は横になった。H氏は部屋の外においてあった、数年前の漫画誌を読んでいる。

午後一〇時になると、婆さんがようやく「おまちどおさま」と呼びに来た。私たちはそれぞれの女の子について、アパートに向かった。急な坂をのぼったところに、古ぼけたコンクリートのアパートがあり、その二階が彼女の部屋だった。平地が海辺だけしかなく、一旦奥に入ると急な坂の連続なので、確かにこれでは海の仕事しかないだろうなと思った。

部屋に入ると、「何か飲みますか」と聞いてきたので、「何があるの」と訊ねると、ビールとジュースだというので、ビールをもらった。

「面白い島だね」

私が感心しながら言うと、女は鼻で笑いながら「何もないとこでしょ」と言った。

「もう、どれくらいここにいるの」

「三か月くらいかなあ。お客さんはどこから来たの。東京?」

「そう。出身は大阪だけどね。君は?」

「私は福井」

「そうか。ずっと福井にいたの?」

「ううん、大阪と名古屋。東京にもおったよ。最後は名古屋におったんやけど、Wに行かないかって誘われて」

「そういうの、斡旋する人がいるんだね」

「もう、どこも景気悪いからねえ」

女は笑いながら、自分で「私ももう三二だから」と言った。サバを読んでいるにしても、四〇は超えているような老け方だ。

「この島って、女の子はどれくらいいるの」

「もう、今は六〇人くらいしか残ってないよ。前はもっと多かったらしいけど、もう三分の二は外国人だしね」

「え、そうなの」

「お客さん、日本人って指名したんじゃないの」

「いや、たんに船頭に言われたとこに入っただけ。初めてだからわからないし」

「そう。てっきり何度か来てるのかと思った」

一Kの部屋の中は雑然としており、調味料など細々したものが生活臭を感じさせた。ひどく狭いユニットバスでシャワーを浴びると、あとは何枚も毛布が敷かれたベッドに横になった。

すでにこの頃から、私は性風俗で遊ぶことがなくなっていた。性欲は盛んなのだが、年齢を重ねるごとに、素性も知らない女性からただ一方的にしてもらうだけの性風俗に興味がもてなくなっていた。

ではなぜ風俗に入るのかというと、その人の身の上話を聞くためであった。苦界に流れてきた人のほとんどは金銭的な事情からなのだが、彼女たちの話にはいろいろと身につまされることが多い。そんな夜伽《よとぎ》を聞くために、高額な代金を払っているようなものだった。

そういえば一度、ソープランドに遊んで、身体を洗ってもらっただけで出ようとしたら、女の子から自分の携帯の電話番号を教えられ「今度は外で会いたい」と言われたことがあった。真面目な人だと思われたのかもしれないが、風俗ではこういう己惚れがもっとも危ない。

しかし、この福井の人は寡黙であった。

私たちはベッドに横になり、四方山話をしていたが、やがて女が「しなくていいの」と訊ねてきたので「うん、この島に一度、来てみたかっただけだから、疲れたし、もういいよ」と言った。

「変わった人ね。もしかしてセックスできないとか?」

「いや、そういうわけじゃないけど、こうして一緒に横になっている方が楽しいから」

「ふーん。そんな人、初めて」

私は話を変えた。

「彼氏はいるの」

「……名古屋にね。でも浮気ばっかりするから、一度別れるつもりでこっちに出てきたの」

「そうか。それはしんどいね」

「ねえ、ホントにしなくていいの」

「いいよ。明日は何時に宿に帰ればいいの」

「一応、八時までには帰るってことになってるけど」

「じゃあ七時半に起きるのか。もう寝よう」

「……うん、わかった。じゃあ電気消すね」


翌朝、女は早々に起きて何かしていたが、私は眠かったので起こされるまで目を閉じていた。やはり相手が女の子とはいえ、見知らぬ人の部屋で熟睡はできず、何度か目が覚めてしまったので、朝になっても起き上がれなかった。

「お客さん」

声をかけられたときは眠っていた。「もう時間?」と訊くと「朝ごはん作ったから、食べて行って」と言う。

台所に置かれた小さなテーブルの上に、味噌汁と小さな焼き魚、卵焼き、海苔、ご飯が盛ってあった。

「ご馳走だね。作ってくれたんだ」

「だってお客さん、何もしないから、朝ごはんだけでもと思って」

「そんな気を遣わなくても、宿で朝食くらい出るのに」

「うん。そうなんだけど、あそこの朝ごはん、あんまり美味しくないらしいから」

そうして二人で朝飯を食べていると、何となくこの島に知らない女と逃げてきているような気がして、奇妙な感じだった。よく考えてみたら、日本で朝まで一晩一緒に過ごすというのは初めての体験だった。「元気な人だったら、何回くらいするの」と訊いてみたら「三回くらいかな。でもみんなすごく呑んでるから、大体一回で終わるよ」と言う。

食事を済ませて服を着替え、宿に帰ろうとすると「そこまで送るね」と言って、女がアパートの外まで出てきた。昨晩は気が付かなかったが、こうして陽の光の下で見ると、痩せた顔には生気があり、わりに健康的な顔だったので少し安心した。

宿に帰ると、すでにH氏は帰っていて、私を待とうともせず朝飯を食べていた。「どうでした」と訊くので「良かったよ。そっちは」と返すと「いやあ、ここのは年増ばっかりでダメですね。おっぱいがたれていたんで、興ざめしましたよ」と、朝から威勢が良い。

「やっぱり、三〇過ぎて来るんだろうね」

「そりゃあ、もう歳をとると都市部では無理でしょうからね。地方に流れてくるんでしょう」

それから私たちはまた、昨夜の船頭の船で対岸へ戻った。朝日が眩しくて、徹夜明けしたように気だるかった。

――これは、今から一五年ほど前の話である。

あれからもう一度、三年ほど前にW島に行く機会があったのだが、女の子は一五人ほどと激減しており、全てタイ人になっていた。大きなホテルではコンパニオンを呼べるそうで、そこに数人の日本人がいるものの、オールナイトはもう一部でしかやっていないということだった。また現在のW島では、「売春島」という汚名を返上するため、観光客の誘致に力を入れているということだった。

# 十　新世界の女

新世界もずいぶん変わった。

私の幼い頃は、日雇い労働者が多く歩いていて、一見してヤクザとわかる人も多かったが、ここ二〇年ばかりで観光地化し、大手資本の串カツ屋ばかりになった。

そして何より明るくなった。歩いているのは日本人と外国人観光客が大半で、大阪に住む人の中でも「新世界はガラが悪い」と敬遠されていたことを思えば、隔世の感がある。

新世界にはいろいろな思い出がある。

幼い頃から父親に連れられて八重勝や近江屋の串カツ、あづま屋のシチュー、更科のそばをハシゴした。俗にいう「食いだおれ」である。シチューというのは一般的なイメージのシチューではなく、牛肉、玉ねぎ、ジャガイモが入った吸い物のことである。ここはかやくご飯もうまい。時々は一〇〇円玉をもって、スマートボールというパチンコのような遊びをしたこともある。これらの店だけは、現在も変わらずにある。

本格的に通い始めたのは学生時代で、最初はカトリックの運営する互助施設「ふるさとの家」にあった食堂のボランティアをやっていた。「ふるさとの家」は、新世界に隣接する釜ヶ崎というドヤ街にあったのだが、ここの食堂が無くなると、今度は左翼グループの運営する炊き出しを手伝ったりしていた。その帰りには新世界で一杯呑んで帰るのがいつものルートだった。

今はどうか知らないが、この頃は炊き出しの会がいくつかあって、主催者はそれぞれ仲が悪かった。炊き出しが始まると時々、小競り合いも始まった。セクト間で小さな喧嘩が起こるのだ。

しかし私はそれを見ていて、この人たちはどうしてその情熱を体制側に向けないのだろうかと思っていた。組織というものに対する幻滅というか、自分は組織の中ではやっていけないだろうなと思ったのが、この頃のことだ。

あれから福祉施策の拡充により、釜ヶ崎のホームレスの数もずいぶん少なくなった。実際は福祉の金を狙った貧困ビジネスが台頭しているのだが、外見上はそうした問題も、一般の人にはさらに見えにくくなった。

明るくなった新世界だが、夜になると「老婆の立ちんぼ」が出没するという。私はそこまで知らなかったのだが、初めてこの話を聞いたときは、新世界ならあり得ると思った。今から一五年ほど前の話だ。

大阪には梅田などで立ちんぼ、つまり非合法の売春婦が立つのはよく知られていたが、新世界の立ちんぼはかなりの高齢らしい。私は彼女らに会ってみたいと思い、ある夏の午後九時、天王寺駅で電車を降りた。

夜の天王寺駅も変わった人が多い。まず目に付いたのは、駅ビル前にブルーシートを敷いて座っている若い女性だった。

もしかして客引きしてるのかと思って声をかけてみると、「年一回大阪ドームで行われる巨人戦のチケットのために徹夜している」という。ただの大阪在住の巨人ファンであった。

「通りすがりのおっさんらに、やたら声をかけられるの」

「それはまあ、そうでしょうね。おばちゃんの立ちんぼが出るの、聞いたことないですか」

「おばあちゃんの立ちんぼか。それやったら新世界にようけおんで」

天王寺から新世界までは、歩いて一五分ほどである。当時、新世界の店は、夜九時以降は閉めてしまう店が多いため、夜は意外に静かだった。

確かに注意して見ていると、辻々に、それらしき婆さん達がいる。

見た印象は六〇歳以上、交差点の角に折りたたみのイスを持ち出して座っている。歳だけに立ちんぼはきついので座っているのだろう。これでは立ちんぼではなく、座りんぼだ。

「おばちゃん、何してんの」

そう訊ねても、婆さんはただニコニコ笑っている。

「いくらなん」

そう訊ねると、婆さんの顔がすっと変わった。

「買うてくれはんの」

「うん。いくらなん」

「一本やねん」

ホテル代込みの一万円だそう。安いのか高いのか、よくわからない。本当はもっと安いのだろうが、値引くのも何だか悪いので、言い値で決めることにした。

するとと婆さんはイスを折りたたんで、隣にいたオカマの立ちんぼに渡した。

そして私に向かって「家一軒分くらいの間だけ、あけて付いてきて」と言って、先に歩き始めた。

婆さんは辺りを見回して、路地から路地を歩いていく。狭い路地なので、少し行ったところで見失ってしまった。困っていると、すぐに路地の角からひょっこり顔を出して、手招きしてくれる。

入ったのは路地裏にある和風の連れ込み宿だった。二階に上がって部屋に入る。

さっそく婆さんがお風呂に湯を入れ始めたので、それを制した私は「ただ話がしたいだけやねん」と言った。婆さんは初めはびっくりしたようで「あんた、ホンマはおまわりさんちゃうの」と警戒されたが、強く否定すると、安心して話し出してくれた。

「恥ずかしな、歳はもうええやん。六三や。周りからはヨッチャンて呼ばれてる。徳島から一九のときに大阪の絹問屋へ働きに出て、すぐ結婚してな。子供は三人おるけど、今はどこにいてるか知らんわ。なんでそうなったんやて、まあいろいろあったんやわ」

歳は誤魔化しているのだろう、どう見ても七〇代に見える。大阪の人でないことは、何となくわかっていた。かつて大阪は出稼ぎの街であったから、この年代の人は地方からきた人が多い。これも釜ヶ崎のボランティアで調査を手伝った時、知ったのだった。

「なんで立ちんぼしようてなったの」

「今はな、病気で寝たきりの年下の男の人と一緒に住んでんねん。その人の面倒見てるし、生活保護だけではやっていけんやろ。せやからこの仕事始めるようになってん。初めはちょっと嫌やったけど、勇気はいらんかったなあ」

「お客さんて、やっぱり年寄りが多いの」

「お客さんは、上は八〇から下は二六歳いう人もおった。あんまり歳いってると、やってる最中にポックリいってまうから断るんや。でも若過ぎるのもなんか不気味で嫌やなあ」

「若い人もおるんや」

「せや、たまにおるで。せやけど、ちょっと嫌やな。おまわりさんちゃうかて思うから。わたしはまだ一回もパクられたことない。友達はやられたけどな。そのときは私服に声かけてもうて、ポカしたんや。わたしは自分から声かけへんからな」

「ここにくるまで、どんな仕事してたん」

「いっときは難波の高島屋で働いたこともあってんけどな。あとは転々や。いま一緒に住んでる人が障害者やから、しょうがないねん」

「だけど、これでは食われへんやろ」

「そや。だからその人の障害者手当と、生活保護やろ。ほんでこの仕事して、カツカツや。たまにしかお客さんつかへんから」

「おばちゃんはもう、何年くらいこの仕事してるん」

「この仕事は始めて一〇年くらいかなあ。月に六万くらいになる。まったくないときも多いなあ。この一《ひ》と月ではあんただけやし」

私が警察の者でないとようやくわかったのか、老婆は気を許したように言った。

「ホンマにニイちゃん、せんでええの」

「ええねん。おばちゃんの話を聞けたら、それで満足やから」

「ニイちゃん、大阪の人か」

「うん、大阪やけど、今は東京に住んでる」

「そうか。たまには帰ってくるんか」

「うん、時々帰ってるで」

「ほんだらまた、おばちゃんおったら寄ってな」

「わかった。また寄るようにするわ」

私は老婆と一緒に旅館を出た。

老婆はオカマさんから折りたたみイスを受け取ると、こちらを向いて笑顔で手を振った。外観ばかりはきれいになった新世界だが、いくらでも裏側があるのがこの街の魅力でもある。

私も老婆に手を振った。

## 十一　神戸福原界隈

深更、福原の路地裏にあるお好み焼き屋に入った。暗い路地裏にあり、のれんも古いものだったのでここに入ることに決めたのだ。

よく手入れされた引き戸を開けると、中央に大きな鉄板が置いてあり、それを囲むように将棋盤のような、背もたれの無いイスがいくつか並んでいた。

「開いてますか」

出てきた女将にそう訊ねると、

「開いてますよ」

と陽気に答える。奥で一心不乱に焼きそばを食べているのは、どうもこの女将の息子か、親族らしいとわかったのは、しばらく居てからのことだった。他に客は一人もいない。

ホルモン焼きと野菜炒めを注文し、剣菱を二合もらう。

鉄板の向こう側に回り、鉄板に火を付け、注文した品を準備している女将に話しかけた。

「どうですか、景気は」

いいはずがないが、こうとでも言わないと話を切り出せない。

「世間は悪いみたいですけど、うちとこは関係ないですわ」

「へえ、そうですか。悪くないですか」

「ここは夜の街でしょ。だからお客さんもよく寄ってくれるし。だけど、この辺も安い店が増えたねえ」

「そうみたいですねえ。ぼくが大学生の頃は、高くてなかなか来れませんでしたけど。ぼくは大阪なんで」

「そうですか、大阪からですか。遊びに……」

「いやあ、仕事で近くまで来たんで、ちょっと寄ったんですわ。二〇年ぶりくらいに来ましたよ」

「じゃあ、変わりましたやろ。今やったら一万ちょっとで遊べる店もできたから」

「そうですか。ぼくの時は三万くらいしましたけどね」

「もうそんなん、一部の店だけですわ」

アルミホイルを皿代わりにして、ホルモン焼きが出てきた。「これどうぞ」と一味も出してくれる。私は剣菱のお代わりをもらった。

「今日はどこに行くんですか」

「ぜんぜん、決めてません」

「ほんだら『ヴィーナス』いう店がお薦めやよ。社長さんも店終わったら寄ってくれるんやけど、ええ社長さんやし」

「どれくらいする店ですか」

「あそこは高いよ。九〇分で四万五〇〇〇円。でも他と違って地元の子やし、サービスはええ言う話ですわ。社長さんもええ人やし」

風俗の店舗紹介もしてくれるとはちょっと驚いたが、福原のソープ街にある店なのだから当たり前なのだろう。女将は私が、そうした情報を得にきた客だと思ったようだ。

「安い店やったら、『社長秘書』いうところがお薦めですよ。あそこは六〇分で一万八〇〇〇円やから」

とはいえ、私としてはもはや「普通の店」で遊ぶつもりはなかったので、このようにして飲食店で情報が入るとは、穴場だったなあと感慨にふけっていた。学生の頃、初めてソープ遊びをしたときに知っていたら良かったのになと思ったのだ。

客が来ないのをいいことに、私は女将から福原、新開地の話を聞いた。

「生活保護の人が、ここら辺は日本一やて。昔はほんま景気が良かったけど、今は年寄りばっかりや。うちの店は私で二代目なんよ。赤線時代からやってるから」

「それは凄いな」

「ほんま、うちの店くらいですわ、そんなに続いてるの」

お好み焼き屋を出ると、さらに二軒ほどの店を回って、深夜零時を待った。風営法のため、零時でソープは全て閉まる。それからが非合法の時間だった。

すぐに福原の大通りに出た。福原には主な通りが二本あり、その通りに沿ってソープランドが並んでいる。私はその一本の通りの角にある、恐ろしく小さな居酒屋を目指した。

一月の寒い夜だというのに、この居酒屋の前の長イスに一人の老婆が着こんで座っている。私はこの老婆が出てくるのを待っていた。

老婆に「こんばんは」と声をかけると、老婆はじっとこちらを見ながら「こんばんは」と慎重に答えた。これが呼び込み役の老婆で、深夜零時前になると辻々に二、三人出てくる。風営法のため、深更になって風俗店が閉まると、それに間に合わなかった者や酔っぱらいなどが、この老婆を頼るのだ。私は三軒の店を回り、こうした事情を知ったのだった。

居酒屋の中には、四つしかイスがなかった。そのうちの一つには店のものであろう新聞や安っぽいバッグが積んであるので、実質的にはイスは三つしかない。私が入ると、店の婆さんがちょっと怪訝な顔をした。一見客はあまり来ないのだろう。

前は寿司屋だったのだろう、カウンターにはガラスケースがあり、中にはちょっとした惣菜が申し訳程度に置いてある。私はコロッケと燗酒を頼んだ。客は四〇歳くらいの男が一人だけいた。

チンしたコロッケが出てきたが、それはスーパーで売られていたものであった。ガラスケースの中に、スーパーで買ってきたパックそのまま置いてあったからだ。しかしまともな惣菜といえばコロッケくらいで、あとはつまむのだけでも嫌になる色をしていたので、私は仕方なくコロッケを注文したのだった。

客の男と婆さんは、パチンコの話で盛り上がっていた。私はコロッケに少し手をつけ、燗酒を飲み干すと勘定を頼んだ。五〇〇円だった。

外に出ると、私はようやっと外の長イスに座っている老婆に声をかけた。ここに着くまで、もう四時間以上がたっていた。

「どないですか、景気は」

「ぜんぜんアカン。お兄ちゃん、遊ぶとこ探してるのか」

「おばちゃんが呼んでくれるんやろ」

「うん、ちょっと待っててや。連絡してくるから」

そう言うと、老婆がやにわに立ち上がって通りを突っ切り、路地の中へ入っていった。座って客待ちしていた姿からは想像もできない素早い動きだ。私は長イスに座り、老婆を待った。

温暖化とはいえ、やはり一月の神戸は寒い。居酒屋にあったテレビでは、今夜の気温は二度だという。海からは数キロ離れているのだが、通りに面しているので風がよく吹く。燗酒で得たぬくもりが急速に引いていく。やがて老婆が小走りで戻ってきた。

「ニイちゃん、今から大丈夫や。部屋代込みで二万にしとくから」


私が老婆に付いていくと、路地の奥に、すぐそれとわかる「菊水」と看板の出ている連れ込み旅館があった。

この宿はお好み焼き屋に入る前、つまり私がこの辺りの事情をまだ知る前に寄っていた。ここで立ちん坊、つまり非合法の売春婦を斡旋してると思ったからだ。

しかしその時は、玄関を開けて帳場に寝ていた婆さんに声をかけても、これがまったくの無反応だった。

テレビを付けっ放しにして、横になっている足先だけがゆらゆらと揺れているのが見えたが、幾度となく声をかけても無視を決め込んでいる。これだけ完全な無視ともなると気持ち良いくらいだ。私はこの方法は間違っているのだと感じて早々に退散したのだが、結局、またこの旅館に辿りつくことになるとは思わなかった。

私をここに連れてきた老婆は、「ちょっとポッチャリしてるけど、サービスはいいから楽しんでや」と言って、私から二万円を受け取ると、元座っていた居酒屋の方に戻って行った。

そして最初に私を完全無視していた帳場の婆さんが、今度は愛想笑いしながら二階へと案内した。廊下には赤い絨毯が敷かれていたが、部屋は畳敷きで、布団がまた赤色をしていた。「先にこっちのシャワー室で身体を洗って。その間に女の子くるから」というので、先にシャワーをすませて四畳半ほどの部屋に戻る。ブラウン管のテレビが一つ置いてあり、あとは赤い布団が敷かれているだけだ。

女は五分ほどしてやってきた。これがまた「ちょっとポッチャリ」どころではなく、近年まれに見るもじゃもじゃのパーマ頭で、怪獣ガラモンか、ミシュランタイヤのマスコットを思わせるユーモラスな外見だ。

「うちもシャワー浴びてくるから、お客さん、裸なって待ってて」

仕方がないので、とりあえず服を脱いで、パンツ姿で真っ赤な布団の上に仰向けになって寝ころんだ。女はすぐにバスタオルだけを巻いて戻ってきたが、そのバスタオルは女の身体の胴囲に足りず、女は手でタオルとタオルの間を抑えていた。どこか悪いのか、しきりに咳をする。

私は寝ころんだまま「今日は呑み過ぎてアカンわ」と、早々に降参した。

「えッ、せえへんのッ」

「時間あと、どれくらいある」

「ホンマは三〇分やけど、気分悪いんやったら寝ててもええで」

「そうするわ。時間きたら教えて」

女がバスタオルを羽織ったまま添い寝してきたので、私は警戒して「風邪でもひいたの」と訊ねた。

「ううん、ウチ、ぜんぞく持ちやねん。だからうつらんから、心配せんとってね」

「ああ、わかった。今日は忙しいの」

「ぜんぜん。仕事いうたって、一〇日に一回くらいしか呼ばれへんから、今日は久しぶりやわ。ヒマやから、普段は五時から一一時まで居酒屋でバイトしてんの。それから自宅待機して、呼ばれた時だけ行くねん」

それだけ言うと、女は急に、寝息をたて始めた。

知らない客の前ですやすやと寝てる女に感心して見つめていると、やがて女は激しく咳き込んで起きたと思ったら、やにわに話し始めた。

「うち、売れっ子やねんで」

女は、さっきまで自分が意識不明になっていたことに気がついていないようだった。

「せやけど、さっきはヒマやって、言うとったやん」

「ちゃうねん、その中でも売れっ子やねん」

「ああ、そうか」と私は呟き、「どこの出身なん」と訊いた。

「一六のときに香川から出てきて、それからずっと風俗を転々や。ヘルスとかソープやね。ウチ、どこ行ってもナンバーワンやっててん。この仕事は三三のときからやってるけど、ここでもナンバーワンやねん」

「ほんだら今、歳いくつなん」

「三九」

どう見ても五〇はいってると思ったが、もし女が四〇代だったとしても、その老けこみ方は尋常ではない。

「ここは頭おかしい客しかけえへんから、女の子も続かへん。男の人はみんな酔っぱらってるからイケへんし。二万払ってイケへんからいっつも怒られんねんけど、どうしようもないやんか。だから心、病むねん。ウチはまだ指名のお客さんがいてるからもってるけど」

話し続ける女の顔をよく見ると、前の歯がすべて抜け落ちていた。

「どれくらいこの仕事、続けんの」

「ウチ、大阪に彼氏おるから、そのうち辞めて大阪行きたい。……お客さん、もう時間やけどどうする。ホンマにせんでええの」

「ああ、もうええわ。時間やねんやろ。服、着よや」

立ち上がってシャツを着ると、女もパンツからはいて一緒にのろのろと着替えを付け始めた。

「ニイちゃん。うち、まみって名前やから、今度から来る時は指名してな」
そう声をかける女に曖昧な返事をかえすと、私は早々に旅館を出て、先ほどの呼び込みの老婆がいる居酒屋へ戻った。

女から逃れた私は、ふらふらとした足取りで先の居酒屋に戻った。酔いがぶり返して、気分が悪い。話を聞くためとはいえ、ちょっと呑み過ぎたようだ。

居酒屋、と書いていたが、ふと看板を見直すと「食堂　竹」という店だった。べつに居酒屋でも、食堂でも何でもよかった。私は店の前にあるベンチに座っている呼び込みの婆さんに、「おばちゃん、ちょっと休憩させてくれへん」と言うと、婆さんは私から金を取ったからか、「ええよ。ニイちゃんもちょっと休んでいきや」と心安かった。

私はジャンパーのジッパーを首元まで引き上げ、自販機で温かい缶コーヒーを買って、パイプに火をつけた。パイプは私に集中力を呼び戻し、コーヒーは酔いをほどよく解きほぐしてくれる。

呼び込みの婆さんは、名前を「ひとみ」と紹介し、問わず語りに話し始めた。

――ここ座ってるとな、いろんな人おるわ。さっき店にいたあんたくらいのニイちゃんは志村いうて、個人タクシーやってる独りもんや。今日は仕事休んでパチンコやって、二万五〇〇〇円いかれたけど、一万七〇〇〇円だけ取り返したんやて。せやけど、負けは負けやで。ギャンブルはアカンわ。その日は勝っても、トータルしたら結局は負けるんやから。あそこに玉葱あたまのババアが歩いてるやろ。あれもおばちゃんと同じ、呼び込みや。仲はそんなに良くない。昨日の晩、志村が酔うてあの玉葱に付いて菊水旅館いったけど、金も出さんと玉葱に抱きついたから、放り出されとったわ――

もう午前零時をとっくに過ぎ、閉店直前に入った客も出てくる時間になったので、ソープ店の回りは、店仕舞いのため、黒服や掃除夫などで人の出入りが多くなってきていた。

――向かいにおるソープの掃除のおばちゃんは、この店（竹）に来ると、いつもぬるめのビールをわざと選んで飲むねん。客がぜんぶ帰らんと終わられへんから、ああやって店の回りをウロウロしたり、パーキングで新聞読んで、時間つぶしとんねん――

若い男がまた一人、店に入って行った。こんな三席しかない店でも、客が出入りしていることが不思議な気がした。まあ、だから経営できてるのだろう。

――さっき入って行ったニイちゃんは、このソープ街で黒服やってたんやけど辞めてもうて、しばらく違う仕事やってたんやけど、やっぱりクビになってな。それで戻ってきたんやけど、すぐに仕事見つかれへんやろ。せやからここ（竹）で一か月、食べさせてもろて、今はソープの老舗で働いてるわ。だから仕事ある今も、毎日ここに寄ってから帰んねん――

少し喋ってる間にも、黒服の男が二人、婆さんに挨拶して通って行った。

――あれは表の道路でコンビニとかにたまってるオネエチャンをキャッチして、スナック（ホストクラブ）連れて行くねん。しっかりした子はすぐ帰るけど、その場で全部使ってまう子もおるやろ。ホストに貢いだりな。私も前は、一本向こうの通りで客引いててんけど、「竹」のおばちゃんに「ここでやりや」言うてもろて、イスまで作ってもらって、もう一〇年や。

あの玉葱はな、ホンマは八〇超えてるのに、私らには七〇歳やてウソ言うてたんや。一〇歳もサバよんでたんや。何年か前に大病して寝込んでたから、私らで病院行って、役場にも言うて保険証つくってもらったら、昭和六年生まれってわかったんや。今は生保もろてるけど、まだ仕事つづけとんねん。

ここだけの話やけど、玉葱はその前に八年、刑務所におった。お客さんに酒と眠剤飲ませて、身ぐるみ剝いで、この近くの墓場に捨てたんや。それで殺人未遂で、前科もあったから八年や――

その玉葱が、どうやら客をつかまえたらしい。
かなり酔っぱらってる初老の男だった。
男と二人、菊水旅館に行き、また通りに戻ってきたが、しばらくしてまた菊水へ向かい、またすぐに戻ってきた。菊水と通りを何度も往復している。私が不思議そうに見ていると、ひとみ婆さんが言った。

――あれはまだ、客に女の子付いてへんねん。女の子が付いて初めて、お金もらえんねん。私は菊水の中で、女の子付くの待ってお金もらってから戻るんやけど、玉葱は事件おこしたから信用ないねん。だから中まで入れてもらわれへん。
私の娘は大阪に居てて、この仕事やってる言うと怒んねんけど、この仕事で娘を大きゅうしたからな。辞められへんねん。さっきも電話したときは「ここ四、五日はやってない」て言うといた。私は、飯塚の出身や。飯塚いうたって、ニイちゃん、わからへんやろ――

飯塚はちょうど、先月に旅してきたところだった。福岡県の山間の街で、かつては炭坑で栄えたが、今は寂れている。うどんが旨い。

「わかるよ。知っとるよ。福岡の山の方やろ」

私がそう答えると、ひとみ婆さんは嬉しそうに言った。

――飯塚には三、四年に一回帰んねん。まだ私の家、残ってるからな。せやけど炭鉱が閉山してからは寂しなったわ。おばちゃん小さいときなんか、そら賑わってたんやけどな。それでおばちゃんも、借金のカタにこっちに身売りされてきたんや。もう六〇年も前の話やけどな――

おそらくひとみ婆さんは、赤線時代からここ福原に居るのだろう。飛田《とびた》の遊廓でも、呼び込みしている婆は、たいてい元は身体を売っていて、そのまま居ついてしまった人である。そう思えば、ひとみ婆さんも、不憫な人なのかもしれない。身売り話もさらりとしていて、そう誇張しているようには思えなかった。

――ソープには、シマンチュの人も多いで。沖縄の島の人な。ええ人ばっかりやないけど、シマンチュの人はええ人多いで。ソープはもう終わってる時間やけど、ヘルスはなんでか知らんけど、一時までできるからまだ開けとる。せやけど向かいのニイちゃんなんかは、開けたり休んだりしてる。そんなことしてたら、お客さん付けへん。だからアカンねん――

寒さが、限界に達しようとしていた。しかし私は、このひとみ婆さんの話が聞きたくて、もうしばらく我慢することにした。

午前零時を過ぎると、福原も、めっきり寂しい通りになるのだと思っていたが、零時を過ぎたら過ぎたで、またいろいろな人間が辻々から現れてきては、私たちの前を通っていく。何人かの男は、ひとみ婆さんに挨拶して通って行った。盛り場であった新開地と隣接している福原は、午前零時を過ぎると、また違う顔になる。

――みんな、他の呼び込みの人らは死んでおらへんようになったなあ。今は玉葱も入れて三人だけや。警察の手入れなんか、ここは入らへん。隣の交番のおまわりさんとも仲ええで。ヤクザも最近は入ってきたらアカンから、お金取られたことない。大阪やったら、ヤクザにも一人三〇〇〇円くらいいかれるみたいやけど、ここはそんなんないわ。ここでそんなに場所代払ってたら、やっていかれへん。

仕事終えるのは朝の四時半くらいかなあ。それから「竹」のおばちゃんとお風呂いってな。今はスーパー銭湯いうて、二四時間あいてるやんか。そこ行くねん。身体、温まったらアパートにトイ・プードル飼うてるから、その水入れとか、洗ったってから寝る。それで昼の一一時には起きて、買い物いって、それからまた夕方からちょっと寝てから、仕事に出るんや――

「そろそろ帰るわ。おばちゃんも身体、気いつけてな。冷えるから」

あまりの寒気に我慢できず立ちあがると、ひとみ婆さんは座ったまま「ニイちゃん、今度はいつ神戸、来るんや」と訊ねてきた。

一瞬、答えに窮した私は、通りを見ながら「あんまり来られへんからな。次は三年後かなあ」と答えた。

「三年後にまた来るんか。三年やったらまだやってるわ。おばちゃん今、七三やから。一〇年後はもう、やってないなあ」

# 十二　白系日本人

「やっと地面が踏める」というのが、正直な感想だった。

小笠原諸島にある父島までは、東京の竹芝桟橋からフェリーで二四時間かかる。船旅に弱く、出航してからほとんど横になって過ごしていたので、船を出てからもまだ身体が揺れている感じがした。

この島に住む「白系日本人」の話を聞きたいと思い、小笠原諸島の父島を訪ねていた。何となく日本人として、これは知っておきたいと思ったのである。白系日本人の中でも、リーダー的存在だったのが、数年前に亡くなった瀬堀エーブルという人で、彼は今でも伝説のように島で語られているという。また小笠原には、八丈島から入植してきた人々も多い。

とりあえず港のすぐ目の前にある民宿「がじゅまる」に宿をとった。港から近くて便利なのと、一泊四五〇〇円という値段が良かった。

部屋は下宿風の古い建物で、玄関で靴を脱いで上がる。二階に六畳間が四つくらいあって、廊下には洗面台、便所や風呂は共同だ。食事は出ないが、安いからべつに文句もない。

二四時間の船旅にすっかり疲れ切って、部屋でだらだらしてしまうと思ったのだが、このときはさすがに気分転換に外を散歩してみたくなり、すぐに村の中心部まで出かけることにした。何より快晴で気持ちがいい。

中心部といっても、一五分もすれば歩き終わってしまう。スーパーと食堂が並んでいて、それで終わりだ。スーパーには、生鮮食品がほとんどなかった。船が入った時しか品物が並ばないから、これから並ぶのだろう。新聞も数日遅れだから、ニュースはもっぱらテレビかラジオだ。

この小笠原諸島は、南海に浮かぶ大小三〇余の島々から成り、そこには太平洋戦争の激戦地で有名な硫黄島も含まれている。小笠原諸島の中心となるのはこの父島だが、この島はやや特異な成り立ちをもっている。

小笠原が最初に発見されたのは文禄二年（一五九三）、江戸時代が始まる少し前のことだ。島々を小笠原貞頼という人物が発見したので、これが小笠原諸島の名の由来となった。しかしこの発見は今のところ疑問視されており、小笠原貞頼自身、存在していたのかどうか、よくわかっていないという。

実際には阿波国（徳島県）のみかん船が母島に漂着したことから、江戸幕府の知るところになったのが本当のところのようだ。江戸幕府はこの島々を調査し「無人島《ぶにんじま》」と呼んだもの の、あまりに遠いこともあり、幕末までそのまま放っておいた。世界的には「ボニン・アイランド」と呼ばれた。ボニンとは、無人が訛ったものだ。

その距離だが、日本の本土からだと現代のフェリーをもってしても二四時間かかる。当時の帆船ではいったい何日で着けるのだろうか。もしかしたら広い太平洋に迷って、着けないのではないかという不安に、船乗りたちは始終苛《さいな》まれたのではないか。位置としては、グアムと日本本土の中間くらいだ。日本本土からは約一〇〇〇キロである。

やがて、このボニン・アイランドにやって来たのが、米国の捕鯨船だった。ここ小笠原諸島の父島を新天地として、一八三〇年頃にアメリカ人、ナサニエル・セーボレーら総勢二三人が移住してきた時から小笠原島民の歴史は始まる。彼らはハワイやポリネシアから使用人たちを引き連れ、本格的に移住してきたのである。

彼らは後に「白系日本人」と呼ばれることになるが、実際には黒人やポリネシア人の血も入っているので「欧米系日本人」と呼ぶ方が正確かもしれない。見た目では、どう見ても白人にしか見えない人と、黒人系の人がいる。これは後で住民から聞いたのだが、彼らの祖先にはいろんな血統が入り混じっているため、白人系の子でも、突然黒人系が生まれたりするそうだ。

その後、明治になって正式に日本領となると、彼ら欧米系の島民たちは日本に帰化し、日本人として父島に残る。日本からは主に八丈島の人々が入植していった。しかし太平洋戦争が激しくなると、島民のほとんどが本土へ強制疎開させられ、父島は日本軍によって要塞化されてしまう。

戦後発覚した有名な事件として、「父島人肉食事件」がある。これは米軍捕虜八人を次々に殺害した日本軍の幹部たちが、肝臓をはじめとする捕虜の肉を食った事件である。

この事件の前後に、一兵士だった元米国大統領ジョージ・H・W・ブッシュが父島付近で墜落し、米軍に助けられているから、まかり間違えばブッシュは、日本兵に食われていたことになる。この事件は戦後裁判にかけられ、関わった五人の日本兵幹部に死刑が言い渡され、執行されている。

それにしても、旧日本軍による戦時中の人肉食の話は他にもあるが、飢餓が原因なのを除けば、この人肉食の発想はどこから来たのだろうか。度胸をつける、精をつける、兵士たちを鼓舞するという意味があるのだろうが、そもそも日本人の中に、そうした一種の習俗があったのかもしれない。

そして太平洋戦争後、父島を含め小笠原諸島はアメリカの占領下におかれた。欧米系島民たちだけは帰還を許され、彼らはアメリカ式の生活に慣れ親しんでいく。もともと欧米系の島民は日常的に日本語と英語を使い分けていたこともあり、アメリカ文化に適応するのがやさしかったという事情もある。

一九六八年に日本に返還されるまで、小笠原諸島は米国領だった。欧米系日本人は、それまで米国式の教育を受けていたのに、ある日を境に、日本語による教育に変わるということを経験している。八丈島系の住民たちもようやく帰還を許され、やがて小笠原諸島は南国の観光地として知られるようになる。


散歩中に見つけた食堂で、白身魚をヅケにして、ワサビの代わりにカラシをつけた「島寿司」を食べた後、宿の女将さんに紹介してもらっていた野本さんという人を訪ねた。

野本さんは八丈島系の住人で、代々小笠原に住んでいる。野本さんにはもう連絡がいっていたようで、家の前まで行くとすでに立っていて「待ってましたよ」と声をかけられた。もう七〇歳を超えているが、まだ五〇代くらいにしか見えないほど若々しい。私たちはアメリカ人のように、玄関前にある庭におかれたカウチに腰かけて相対した。

「小笠原のことを知りたいんだってねえ」

「どうも、小さな島なのにいろいろあるようですね」

「ありますよ。ありすぎるかもしれん。瀬堀エーブルの家にはもう行きましたか」

「いえ、これからです」

「彼らとも、いろいろありましてねえ。こんな小さな島だけど、私らとはあまり付き合いはないんです。何より人種が違うでしょう。太平洋戦争後、いち早くこの島に戻れたのも彼らだけだった。私たちは返還後です。だからいろいろと確執というか、わだかまりがあるんです。私らのルーツは、八丈島から移民してきたでしょう。だから瀬堀たちとは、交流がないんだな」

野本さんはカウチに深々と座りながら、淡々と話した。

「私たちが帰還を許されて父島に帰って来たとき、もう私たちの土地は全て接収されて、違う人の土地になっていた。さらに瀬堀たちだけは、白系だからというだけで、優遇されてきた。だから私たちの中では、まだ太平洋戦争のときのわだかまりがあるんですよ」

大阪の下町育ちの私は、このような小さな島でのわだかまりなど想像もできなかった。

「これから瀬堀たちにも会うんでしょ。まあ、私たちの側からの話として、あなたに聞いてもらいたかったんですよ」

野本さんはそう言うと、瀬堀家への行き方を教えてくれた。

瀬堀家は、父島の端にある斜面に沿って建つ、豪奢な欧米風の家だ。この瀬堀という姓は、もともとセーボレーからきている。日本領土になったとき、日本風に「瀬堀」と変えたのだ。他の住民もだいたいは皆そのようにした。例えばポルトガル系のゴンザレスは「小笠原」、ワシントンは「木村」、ネッドは「大平」、ウェッブは「上部」という風に。

瀬堀エーブルは、父島に最初に移住してきたナサニエル・セーボレーから数えて直系四代目の欧米系日本人として、一九二九年に小笠原諸島父島で生まれた。

エーブルは幼い頃から漁師として生計を立てていたが、太平洋戦争が始まると、その白人のような風貌からスパイ扱いされ、迫害を受けて本土へ強制疎開させられた。戦争が終わって、父島に戻ったのは一九四六年。島民の中でも欧米系の人々だけが帰島を許されたのだ。八丈島や本土系の人々が帰還できたのは、それから二二年後である。

「オレは自分のこと、小笠原原人だと思ってるよ」

瀬堀エーブルは、口癖のようにそう言っていたという。確かにその白人のような風貌と、セーボレーから瀬堀へと表記を変えた歴史からも、彼が自ら「原人」と名乗った意味はよくわかる。

私は長男の瀬堀ロッキさんに、父エーブルさんについての話を聞いた。「このロッキというのは、英語名でいうロッキーのことですか」と訊ねると、「英語で発音するとロッキーではなく『ロッキ』に近いから、そうしたんですよ」と言う。

――オヤジから聞いた話では、一四歳で一人前の漁師になっていたようですよ。まだアウトリガー・カヌーに帆を立てて海に出ていた。ワナを仕掛けるのはもちろん、ウミガメ漁が盛んで、ウミガメはモリで突いてとっていました。しつけとか、そりゃあ厳しいオヤジでしたね。

ぼくは一九六〇年生まれです。この頃にはまだ島に高校があったからそこに通っていたけど、その上の世代の人たちは飛行艇でグアムの高校に行っていたね。父島が日本へ返還されたのが一九六八年で、ぼくはまだ八歳だったけど、それから学校での言葉がガラッと英語から日本語に変わったのを覚えています。

オヤジの世代は漁師が多かったけど、その後はみんな止めてしまった。オヤジは陸に上がってからも、週末になるとカヌーを出して海に出ていたね。とくにイセエビを捕るのが最高にうまかった。ここのイセエビはすごく大きいからね。

陸に上がってからもそうやって海に出ていたけど、一九八〇年代にウィンドサーフィンのブームがあってね。最初、島の若い連中が始めたんだけど、オヤジはそれを見てこれだッて感動してね。オヤジの幼い頃はカヌーに帆を付けてたでしょう、だから帆だけで走るウィンドサーフィンは懐かしかったのかもしれません――

漁に出てはイセエビやサワラなどを捕り、山に入っては野ヤギをハンティングしたりといった生活をしていたエーブルは、ウィンドサーフィンに熱中するようになる。幼い頃から帆を使うのに慣れていたから、風をよむのが得意だった。始めたときはもう五五歳になっていたが、「父島カップ」などの大会で優勝を重ね、「ウィンドサーフィンのすごく上手い、白人みたいなおじいさん」として知られるようになる。

——オヤジくらいまでは自然とよく慣れ親しんできたでしょう。だから自然を利用して遊ぶのがうまいよね。上の世代になると、さらにすごくてね。例えばチャーリー・ワシントンってお爺さんが昔、近所にいたんですよ。ある日、ぼくが通りがかったら、『ロッキ、すぐ帰れ。マミーに洗濯物入れるようにって言ってこい』と言うんですよ。すると、しばらくしてすごい夕立がきたんです。どうしてわかるのかなって不思議に思っていたら、カタツムリが木に登りだすと、大雨が降る前兆なんだそうです。そんなことを教わりましたね——

父エーブルが「伝説の男」として知られるようになったのが、父島から母島まで、約五〇キロの海峡横断に挑戦したときだ。彼の身体はすでに癌に蝕まれていたが、エーブルは晩年、このウィンドサーフィンによる「父島・母島五〇キロ横断」に執念を燃やす。

——ウィンドサーフィンを始めた頃くらいに最初の癌が見つかってね。手術しては元気になって、また転移して手術の繰り返しでした。当時、内地へは六日に一度出るフェリーでしか行けないけど、具合が悪くなって飛行艇で内地まで運ばれたこともありました。だけどオヤジは病院が嫌いでね。とにかく身体は人一倍、丈夫だったから、自分が病気になるなんて想像もできなかったみたいです。父島・母島横断は、以前にもテレビの取材陣と一緒にチャレンジしたことがあったけど、このときはあと五キロの地点で日没になって断念したんです。それからは毎日、自宅の二階から風を見てね。とにかくそれを成し遂げないことには死ねないって、よく言ってましたよ――

そんなある日、絶好の風がきた。エーブルはロッキさんらにボートによる伴走を頼むと、そのまま板に乗って海へ飛び出していった。

父島から母島までの間には、「ワントネ」と呼ばれる難所がある。強い海流が複雑に交差していて、ここを通過するときには、普通のボートでさえ大きく揺れて危ない。

――腰のあたりにウィダーの栄養剤をずらりとぶら下げてね、九時間くらいかかったかな。早朝に出て、午後二時くらいに母島に到着しました。もうその頃はドクターにも『年内もたない』って言われていたけど、ついに成功しました。母島でも歓迎の用意してくれていてね、あれには伴走していたぼくも感動しました――

横断成功の翌二〇〇三年、エーブルは永眠した。遺品には、いつもかけていたレイバンのサングラスと、十字架のピアスが残された。七三歳だった。私が墓参りに行くと、欧米系の人独特の十字架の墓石で、ちょっとハイカラな感じの墓だった。

「今でも何かあるごとに、オヤジだったらどう考えるかなって、思うことがあります。息子としてはオヤジを超えたいけど、それはできないくらい、偉大なオヤジでした」

話を聞き終えた私は、港沿いを散歩に出た。エーブルが幼い頃から乗っていた小笠原住民たち伝統のアウトリガー・カヌーは、今もこの大村海岸に残されていた。

そして夕刻、私は行きつけになっていた居酒屋で酒を呑みながら、仲良くなった従業員の女の子と話していた。彼女らは本土からきていて、小笠原の美しい自然と海に魅せられて、その多くは一年から二年ほど住み込みで働きながら滞在している。小笠原には、そうした若者が多い。島内の店でアルバイトして生活費を稼ぎ、休日にはスキューバ・ダイビングなどして楽しんでいるのだ。

「明日の船で帰るんですよね。二周目でしたっけ」

「うん、そう。二周目で帰る」

小笠原と本土をつなぐフェリーは、三日に一度しか入ってこない。だから大抵の人は二泊三日、つまりフェリーが一周してきたら帰るのだが、私は便を一つとばして一週間滞在していた。それを「二周目」と言うのだ。もちろん嵐でフェリーが来られなくて、さらに滞在が延びることもある。またフェリーが来るまでは、瀕死の重傷でも負わない限り、本土に戻ることはできない。

居酒屋の女の子は、「明日は村の子たちも、卒業式終わって高校に行くから、大騒ぎですよ」と言った。

「そうか、もうそんな季節なんだね。ここには高校がないんだね」

「そうなんです。島の子はみんな、一度は外に出てしまうんです。だから明日の見送りは盛大にやるみたいだから、私も見に行こうと思って」

小笠原の盛大な見送りは、本土でもテレビなどで放映されているから見た人もいるかもしれない。フェリーが出ると、釣り船などが沖合まで出て、人々が次々と派手に船から海へ飛び込むのだ。なかなか豪快な見送り方である。

私も一周目のフェリーが出たとき、それを島の高台で見ていたが、それより驚いたのは、ふと横を見ると、すぐ近くでクジラが跳ねていたことだ。この高台にくれば、時期さえ合えばほぼ毎日クジラが泳いだり、跳ねたりしている姿を遠目に見ることができる。

居酒屋を出てから、私は港はずれにあるバーに行った。ここの経営者のAさんは黒人系だが、アメリカ国籍をとってベトナム戦争に参加したことでも知られている。

しかしそうした過去があるからか、極端に寡黙な人で、私はとうとう今回、彼から話を聞くことはできなかった。ただジャック・ダニエルのボトルを入れて毎晩呑みに通っていたので、さよならを言いに来たのだ。Aさんは、私が明日の船で帰ると知ると、何か言いたげな顔をしていたが、それは私が酔っていたからかもしれない。

翌朝は快晴だった。私はフェリーに乗り込むと、荷物をおいて船のデッキに出た。例の「小笠原名物の見送り」を見るためだ。前回は島の高台から見ただけなので、フェリーからは初めてだ。

フェリーが動き始めると、悲鳴ともつかない歓声が上がった。今年中学を出た島の少年たちは、これから東京の高校へと進学する。だから送り出す親や親戚、友達から精一杯の見送りを受ける。デッキでは少年、少女たちが泣きながら手を振っている。

フェリーが沖合に出ると、二〇隻ほどの船が横に付いてきた。いつもなら数隻だが、大漁旗を掲げた漁船はもちろん、観光会社の船やら、いろんな船がフェリーと伴走している。

やがて見送りの船のデッキや、操舵席の一番高い船の屋根から、次々と若者たちが海に飛び込む。中には宙返り、バック転をしながら飛び込む者もいる。それはまさに壮観だった。

さっきまでデッキで泣いていた少年たちも、今は笑いながら手を振っている。私は、このような故郷をもっている彼らを羨ましく思った。先祖代々大阪である私は、夏休みや冬休みになると、家族そろって帰省する友人たちが羨ましくてならなかったのだが、そんなことを思い出していた。

船の大きさによって、一隻につき五人から一〇人は飛び込んでいく。フェリーも速度を上げたので、もう一〇隻くらいになっていたが、まだまだ付いてくる。父島の島影がもう見えなくなってきたので、さすがに私も「こんな沖合まで付いてきて大丈夫かな」と心配になってくる。

そして最後について来たのは、島の大きな漁船であった。誰かの名前を叫んでいるのであろう。フェリーのデッキには手を振って笑っている少年たちがいる。最後の一人が、宙返りして飛び込んだ。すぐに浮き輪が投げ入れられ、やがてその船も見えなくなった。

## 十三　真栄原吉原《まえはらよしはら》界隈

沖縄の赤線跡である真栄原《まえはら》、吉原《よしはら》に初めて行ったのはもう十数年前で、夜に出かけるとまだまだ客と女がひしめき合っていた。

真栄原はバーが交渉口になっていて、そこに座っている女を見て決める。吉原は店先に女が座っていて、気に入ったのがいたら、料金を交渉して中に入る。若い女ほど高いのは、どこも同じだ。

吉原ではコザ（現在、沖縄市）が隣接しているから、正式には「コザ吉原社交街」と呼ばれる。駐車場に車を止めると、さっそく、係のオヤジから声をかけられた。

「これから遊びですか」

「そうです。東京から来てね」

「ここは何時間止めても五〇〇円だから、ゆっくり遊んでってください」

「オヤジさんはコザの人ですか」

「そうですよ。地元です」

「昔から吉原は変わりませんか」

「いえいえ、昔はもっと盛んでしたよ。今の方が寂しいくらいです」

「へえ、今でも賑やかですけどね」

「こんなもんじゃなかったですよ。といっても、昔は米兵用の遊び場だったんですが、最近になって日本人専用になったんですよ」

「ああ、そうなんですね。最近といっても、ずいぶん前でしょう」

「どれくらい前だったかなあ。そうですね、ずいぶん前かもしれない」

それから吉原の街を歩いたが、一〇分も歩けば住宅街に出てしまうほど小さい。本当の呑み屋などほとんどないから、一時間もあれば充分だろう。

私は一緒に歩いていた編集者と別れ、そのうちの一軒に入った。「いくら」と訊くと「二〇分で六〇〇〇円」と言われた。細面の二〇代くらいの女だった。

中に入ると、大阪の飛田《とびた》とほぼ同じだった。

六畳一間ほどの薄暗い部屋に入ると、女の趣味かキティちゃんなどのぬいぐるみが飾ってあり、そこにマットが置いてあり、上に布団が敷かれている。

壁にはオプションというのが貼ってあり、二〇〇〇円ずつ上がっている。基本はただ挿入するだけで、そこから口でしたりすれば値段が上がる仕組みだ。ずいぶんぼられる人も多いと聞いていたが、多分、このことを指しているのだろう。

私はほどよく酔った身体で、布団の上で横になり、女と対峙した。

「あのさ、べつにしなくていいんだけど」

「えっ、ホントに?」

「うん、話だけできればいいんだよ」

「警察の人じゃない?」

私は身体が大きいのと、髪を短くしているので、よく警察に間違えられる。

「違うよ。友達と来たから、そいつが出てくるのを待ちたいんだよ」

「そう、だったら楽でいいね」

女は私の横でちょこんと座った。

「地元の人?」

「ううん、埼玉」

「遠いとこから来たんだね」

「この辺の女の子で、沖縄の人は珍しいよ。ほとんどいないと思う」

「そうなのか。しかし、どうして沖縄で働くの。関東の方が稼げるように思うけど」

「そうなんだけど、こっちに男ができてね。その人とは別れたんだけど、結局、居付いちゃったの」

「ああ、そういうことか」

「米兵にはまって、ここで働いている人も多いわよ」

「そうか。一日何人くらい相手にするの」

「その日によるから。多い時は二〇人くらいかな」

「そうか、それは大変だ」

私は出されたコーラを飲んだ。一応は呑み屋ということになっているので、ビールなども無料で出る。

「もう時間だけど、本当にしなくていいの？」

「うん、ありがとう。もう出るよ」


そうして一回目の訪問は終わったのだが、数年たって二度目にきたときは、もうパトカーが始終回っていて、店も開店休業中のようになっていた。私が最初に入ったこの店も、シャッターが下ろされ、陽気なおやじさんがいた駐車場も閉鎖されていた。話によると、新しい市長が吉原の撲滅を宣言して、取り締まりを強化したらしい。私はまた一つ、赤線跡が消えるのかと、ちょっと残念に思った。

そして三度目に訪れたとき、吉原はもう壊滅していて、シャッター街になっていた。ゴーストタウンのようで、夜に歩いていると暗くて怖くなるほどだ。

私は仕方なく、翌日の日中に真栄原に向かった。どうも日中だけやっている店があると聞いたので、向かってみたのである。

最初にきたときは単に車で回ったのだが、怪しげなバーが並んでいて、どうもぼられそうだなと思って入らなかったのだが、沖縄では那覇以外には遊ぶところも無くなってしまったので、私は最後の赤線跡を歩きたいと思ったのだった。

真栄原に着くが、車を止めるところがない。仕方なく路駐して、ぶらぶらと歩いてみた。

確かに昼間からバーが開いていて、一見して怪しいのですぐにわかった。私はなぜか安堵して、担当編集のH氏と話し合いをした。

「あなたは遊ぶんでしょう。どこに行くの」

「さっき、一軒だけ呼び込みしてくれたところがあったじゃないですか。そこに行こうと思ったんだけど」

H氏は汗をふきながらそう言った。

「じゃあ、ぼくはあそこの角の店に入って呑んでるから、そこで合流しましょう」

「了解。ではでは」

H氏は、ぶらぶらしているときに戸を開けっぱなしにしていた一軒のバーに入って行った。

長年の勘で、私たちは「あそこはやってるな」と入口前で話し合っていたのだが、中から婆さんが出てきて「やってるよ」と一言だけ言ってまた中へ入って行ったのだ。

システムを訊くと、どうも女の子は電話で呼ぶようだとわかった。常駐していると捕まるので、自宅で待機させているらしい。H氏は遊ぶ相手がその婆さんでないことを知り、店に入る気になったようだ。

私が目をつけていたバーもまた、入口は開けっぱなしだった。最初、H氏と中へ入ると誰もいなかったのだが、隣の壁から男女の息遣いがする。隣の建物でやっているのだろうかと一旦、外に出たのだが、隣家への入口が見当たらない。

そこで私は誰もいない、その開いているバーに入って待っていようと思ったのだ。

バーに行くと、今度は女がカウンターに立っていた。初老の男が一人、カウンターの奥で呑んでいた。さっきまでいなかったのに、いつの間に来たのだろう。

カウンターに座ってウィスキーの水割りを頼むと店内を見回した。

すると私の座ったちょうど真後ろに、もう一つの部屋が開けられていた。さっきはなかったから、どうもこの隠し部屋でことに及んでいるのだなとわかった。客はこの男で、相手はカウンターに立っている女だろう。

私は水割りを呑みながら、パイプを出して火をつけ、カウンターの女に話しかけた。

「お母さん、ここは何年くらいやってるの」

「まだ一年にならないんですよ」

女は小太りでよく日焼けしており、六〇代くらいに見えた。

「そうなんだ。この辺の店はもう、あらかた閉めたんだね」

「そうですよ。お巡りさんがうるさいから。お客さんは初めて？」

「いや、何度か来てるけど、昼間なら開いてると聞いてね」

「うん、昼間なら開いてるけど、夜はお巡りさんが怖いから閉めちゃうの」

奥に座っていた男が、勘定をして出ていった。

「ここでも、女の子と遊べるの」

「私で良かったら、遊べますよ」

「え、お母さんとか。それは面白いね」

「べつに面白くない」

「いや、そういう意味じゃなくて、そうとは知らなかったから」

「うん、もう歳だけど、私はこの辺じゃあ、一番若いから」

「お母さん、失礼だけどいくつになるんですか」

「いま四〇歳です」

しまったと思った。私より年下だ。

「えーと、お姉さんはもう長いの」

私は内心の驚きを悟られまいと思ったが、これはもう無理な話だった。しかし、女は頓着しないで平然としている。

「うん、もう何十年にもなる。私、ここで捨てられてからずっと働いてるから」

「捨てられたの？」

「うん、小学生のとき」

私は心の中でうめいた。

「じゃあ、小学生のときから働いてるの？」

「そのときは手伝い。お酒を運んだりとか」

「そうか、びっくりしたよ。だけど警察がうるさいから、大変だね」

「うん。私も二回つかまったけど、これしか仕事がないんだもん」

どうも話を聞いていると、女は知能に問題があるらしく、小学生のときに知り合いの家に預けられたまま、両親はどこかへ行ってしまったらしい。一六歳頃から客を取り始め、以来、ずっと真栄原に住んで働いているという。

「私、そこで三味線を習ってるのね。そこのお師匠さんからも、そんな商売やめろって言われたんだけど、これだけお金稼げるところも他にないしね。それでお巡りさんがうるさくて、二年前にこのお店も潰れたんだけど、あんたがやるんだったら貸してやってもいいってオーナーに言われて、それで店を始めたの」

「そういうことなんだ。大変だね」

「ううん、全然。外で立っている方が大変よ」

どうも話によると、真栄原が警察の手入れで潰された後、仕方なく女は閉店した店の外で、しばらく立ちんぼをしていたという。そのために二回、警察に捕まったので、気の毒に思ったこの店のオーナーが、タダ同然の値段で、女に店を貸しているということらしい。女に「遊ぶとしたらいくらするの」と値段を訊くと、「二〇〇〇円」だと言う。ここでしか生きられない人もいるんだなと、私は何とも複雑な気持ちになった。

やがてH氏も戻ってきたので、支払いをしようとすると、「五〇〇〇円」だという。いくら沖縄でもバーでこの値段は安すぎる。私は二〇〇〇円を出して「お姉さん、ありがとう。とっといて」と言うと、女は初めてニコッと笑って「うん、ありがとう。お兄さん、いい人ね」と言った。

# 十四　やちむん

私は焼き物が好きで、地方に出かけたら出来るだけ陶芸屋を覗くことにしている。一度、自分でも作ってみようと思い立ち、中学生の時分に土を取り寄せ、手練りで茶碗を作り、七輪で焼いたことがある。

焼き物は最初、よく乾燥させてから低温で焼き、それから高温で焼き上げなければならない。私はせっかちな性分なのと、このことを知らなかったので、充分乾燥させないまま最初から高温で焼き枯らしてしまったので、すぐにぱりんと音をたて割れてしまった。以来、土を手にしたことはない。

今まで訪れたのは滋賀の信楽《しがらき》、山口の萩、佐賀の伊万里《いまり》、唐津、有田、そして沖縄のやちむんだろうか。他にも行ったことはあるのだが、じっくりと見たのはこのくらいだと思う。

萩には一週間ほどいたので、取材を終えた後、ゆっくりと見て回った。萩は学生時分にも訪れたことがあるのだが、このときはなぜか寂しげで、何もない町という印象しかなかった。若い頃は「町を見る」ということができなかったからだろう。

最近は「どの地方もチェーン店が多くて、個性がない」という評判をよく聞くが、それは自分の体験上、旅人がチェーン店しか目に入っていないためだと思っている。その町を訪れるということは、訪れた人も試されていると考えた方がよい。とはいえ、私も再訪するたびに新たな発見があり、時々、自分の無学と鈍感さに呆然とさせられることがある。

信楽は大阪から近いということもあり、大学生のときに二、三度行っている。

ここは昔の食堂などでよく見かけた、金玉の大きなタヌキの焼き物で有名なところだ。信楽は日本でも「六大古窯」と言われるほど歴史が古いが、この辺りは伊勢神宮や奈良にも近いため、かつては日本の歴史の中心地であったからそれも道理だ。

信楽でタヌキの焼き物が有名になったのは、もともと明治に入ってから客寄せの工芸品として焼いていたのを、昭和二六年、昭和天皇が信楽を行幸した折り、日の丸の旗を持ったタヌキの焼き物が沿道に並んでいる光景を気に入り、「幼なとき集めしからに懐かしもしがらき焼の狸をみれば」という歌を詠んだことから、全国に知られるようになったという。歌のとおりに読めば、昭和天皇は幼い頃からタヌキの焼き物を集めていたことになるが、これはちょっと意外な組み合わせだと思う。

私は信楽にはよく通ったし奈良にもよく行った。理由はただ奈良の方が、京都より人が少なくて混んでいないからである。

私はだいたい大阪の人間なので、東京の人のように京都贔屓ではない。遠足といえば奈良だったから、京都よりも奈良の方に親しみを感じてきた。

特に私の生まれ育った河内地方は、山一つ越えれば奈良に行きつくので、電車だと三〇分くらいで行ける。だから中学生の頃から、よく一人で奈良の吉野などに行った。吉野までは近鉄電車一本で行けるので、そのまま電車に乗って揺られていればいつの間にか着いているのだ。

佐賀は焼き物で有名だが、ここは朝鮮半島から連れてこられた陶芸職人が十何代にもわたって続いているという、ちょっと変わった歴史をもつ。だから歴史的には一七世紀頃から始まっている。

青磁や白磁というものを以前までは「こんな爺臭い焼き物のどこがいいのだろう」と思っていたのだが、私は佐賀の伊万里で、この青磁の美しさを知ったのである。

伊万里を訪ねた際、まず「鍋島焼」に心奪われたのだが、あまりの高値に手が出なかった。鍋島焼は江戸時代、鍋島藩のためだけに焼いていた焼き物で一点ものが多く、とにかく高い。世界の美術館に収蔵されるほどだ。

仕方なくブラブラと伊万里焼が並ぶ大川内山を歩いていたのだが、路地をちょっと入った所に、小さな焼き物屋を見つけた。入ってみると、入口よりも奥が広い。路地を少し入ったところにあるので、観光客が見つけにくくなっている。

そこは青磁の専門店だった。それまで観光客用の安っぽくてつまらない焼き物を見ていたからか、私は一遍に青磁が好きになった。それまで爺臭いと思っていた焼き物が、この店に入った途端、まるで宝石のように見えたのだ。美術に対するこのような突発的な理解の深化は、旅をしているとよくある。

青磁は翡翠を模しているのだということを、私は伊万里で初めて知った。おそらくそれまでは、美術館や博物館でしか見ていなかった物を、直《じか》に手にとって見られるようになったので、突然その美しさを理解したのだと思う。私は中国に一年ほどいたが、中国では翡翠をとても珍重していることを知っていたので、なおさら感慨深かった。

その店の青磁もなかなかの値段だったが、鍋島よりは安かったので、私は湯呑みを一つだけ求めた。これはずっと気に入って使っていたが、つい先日、割れてしまった。この青磁屋に一緒に行った女とも、ずいぶん前に別れていた。


沖縄の焼き物である「やちむん」は、学生時代からいくつか買っている。土の材質を活かした素朴なものが多いが、中にはサンゴを釉薬に使って焼いた珍しい物もある。また「八分茶碗」といって、八分以上の湯を入れると底から漏れてしまう手品のような湯呑みもある。

沖縄では取材で風俗街を回った。この頃は沖縄には二、三年に一度は来ていたので、変化が楽しめて面白かった。沖縄の古い風俗は壊滅状態なのだが、そのことを確かめに行ったのだった。遊ぶところは、今や那覇の一極集中になっている。

やちむん焼は、琉球王朝が海外と盛んに交易をしていた頃にその技術が伝えられ、約六〇〇年もの歴史があるという。

江戸初期、一六〇九年に薩摩島津藩が琉球に侵攻、薩摩藩に占領されるとともに、交易でも様々な制約を受けるようになる。そこで琉球王朝の尚貞王は、地方に分散していた幾つもの窯場を市街の一角に固め、「やちむん」と呼ばれる焼き物街を作った。これが「壺屋焼」となり、今も地名にその名がついている。

明治に入ると、本州から安い焼き物が大量に流入し、壺屋焼は危機を迎えるが、民芸運動の第一人者であった柳宗悦《やなぎむねよし》らが沖縄を訪れやちむんを絶賛、その継承を勧めた。

民芸運動とは、庶民が使っている何気ない家具や染め物、焼き物などは全て、その土地の特徴を受け継いでいる美術的価値が高いものだとする芸術運動で、これによって無名のまま消え去ろうとしていた日本の伝統工芸の職人たちに人間国宝などの栄誉を付して保護、発展させた。

沖縄で初の人間国宝になった人に、壺屋焼の金城次郎《きんじょうじろう》がいる。

金城次郎は壺屋に生まれ、二〇〇四年に九二歳で亡くなっているが、彼の人間国宝指定は沖縄の伝統工芸職人たちを勇気づけた。現在、金城の作品は美術館などで見ることができる。

その作風の特徴は、絵柄に魚など、海の物が多く用いられたことだろう。私もいくつか魚が描かれた湯呑みを持っている。

沖縄の焼き物は本州にない独特の風土色があったので人気を呼び、柳宗悦も「庶民の日用品でこれほどまで装飾性を兼ね備えたものは珍しい」と評価したほどだ。

その後、壺屋地区は沖縄戦で那覇をはじめとする全土が焦土と化する中、比較的軽微な被害で済んだが、窯が市街地に集中していたため、やがて薪窯による煙害が深刻な問題となり、七〇年代になると薪の使用が公害対策により禁止され、ガス窯に代わる。

しかし薪による伝統的な焼き入れによる素朴な作風も捨てがたく、読谷村《よみたんそん》に場所を移して薪窯は続けられることになる。読谷村に移ったのは、ここがもともと他の伝統工芸も多く、周辺には良質の陶土が得られたためだ。

金城次郎をはじめとする陶芸家たちの多くは読谷村に移り、製作を続けたのだが、これが現在のやちむんになっていく。現在は読谷と壺屋の二つが、沖縄の焼き物の中心地となっている。

私はしかし、この二つのどこも訪れたことがない。特に読谷村のやちむんの里は観光ルートになっているというが、学生時代を除くと取材のためにしか沖縄を訪れたことがないので、そこまで行く余裕がないのだ。

私が学生時代から通ったのは、国際通りにある小さな土産物屋で、ここは偶然はいったのだが、特に厳選されたやちむんが沢山あった。私が二〇代の頃から国際通りは栄えていたが、ここほどやちむんを揃えている店は他になかった。

初めて店に入った時、女主人は熱心に焼き物を見ている私に「職人さんですか」と声をかけてきた。おそらく若い人で焼き物を熱心に見る人が珍しかったからだろう。

「いえ、学生です」

「そうですか。黒糖でも食べていきませんか」

私は店のイスに座り、三種類ある黒糖をいただいた。万事のんびりしていて、金のない学生にも親切に応対してくれたのが嬉しかった。

「沖縄の物は何か食べましたか」

「パパイヤ・チャンプルを食べましたが、サトウキビも齧りました」

「あら、サトウキビも店で買ったのですか」

「ええ、初めて齧りましたが、あれは甘いですね」

「もったいない。畑で言えばもらえるものなのに」

そうして一時間ほど話していると、女主人は夫とは死別して、今は実家で暮らしていることなどがわかった。

私はあまり長居しては申し訳ないと思いながらも、二時間ばかり居て、湯呑みを一つ買って店を出た。

それから何年か経ち、私は物書きとして、大阪と東京を行き来していた。そして機会をえて、しばらくぶりに沖縄を再訪した。私が沖縄に二度目に来た時は、チョンダラーの取材だった。

チョンダラーは「京太郎」と書くが、沖縄で唯一の路地の者であったので、私はその取材のためにそれから何度も沖縄入りすることになる。

そのたびに、私は吉原や真栄原などの遊廓と共に、この国際通りの小さな店に顔を出すようにした。

女主人は私のことを覚えていた。彼女が貝殻を集めているというので、私は北海道の襟裳岬に立ち寄った際、蝶々貝を彼女に送っていたので、その礼を言ってきた。

「北海道にあんな貝があるんですね。とても素敵でびっくりしました」

「最初、襟裳岬の土産売り場でおばさんと話していて、ぼくが蝶々貝が売られているのを見つけたんですね。それで欲しいのだけど、どうしようか迷っていたら、土産物屋のおばさんが『そんなに欲しかったら、あなただけに教えてあげるけど、この近くの浜辺に行くとたくさん拾えますよ』と教えてくれたんです。それでお礼にお土産をちょっとだけ買って、一人で浜辺に行って、蝶々貝をたくさん拾ったので送ったのです」

アイヌ語で「ムイ」という蝶々貝は、今も襟裳岬の百人浜で拾うことができる。

ちょうど箸置きくらいの大きさで、蝶々が羽を広げている形をしている。土産物としても売っているが、そう高くない。アラスカなどでも見ることができるという。白いものが多いが、淡いピンクや黄色のものもあり、小指の先ほどの小さく可憐な貝だ。

「これは貝殻なんですかって訊いたら、『私たちもわからないけど、どうも死んだクジラの骨の一部らしいです』って言うんです」

「あれがクジラの骨なんですか」

「どうもそうらしいですね」

実際には貝の一部らしいのだが、私たちにはどうでもいいことだった。

そうして話しているうちに、いつの間にか女主人は私の手を握っていた。女主人のしっとりと濡れた手を、私も握り返した。

国際通りの喧騒が店の入口から聞こえてきたが、店内はひどく静かだ。焼き物しか置いていない小さな地味な店なので、客も滅多なことでは入ってこない。

しかし店の中だから、いつ客が入ってくるとも限らない。私は買った湯呑みを持って礼を言って店を出ようとした。

今度来るのは何年後になるだろうか。女主人は「ちょっと待ってね」と私を制し、店の奥から小さな器をもってきた。

それは紅色の琉球漆の器で、小物入れだった。琉球漆器は江戸時代には徳川へも献上されていた高価なものだ。

「来てくれてありがとうね。また今度」

「また今度。できるだけ早く来ます」

そう言って店を出ると、再び国際通りの喧騒に巻き込まれ、現実に戻された。とにかく手に持った湯呑みと漆器を落とさないよう、気を付けながらホテルに戻った。


それから二〇年後、ようやく沖縄を再訪した。いや、それまでにも何度か訪れているのだが、担当編集者と一緒にいることが多いため、国際通りに寄る時間がとれなかったのだ。滞在期間は三日しか取れなかった。もはや来るたびに滞在時間が短くなっていた。

初めて女主人と会った時のように、私もまた若くはなかった。取材が早く終われば、ホテルに戻って原稿に手を入れなければならない。それまでは編集者が帰った後、一人で一週間ばかり沖縄に残って細々とチョンダラーの取材をするのが常だったが、それも難しくなるほど時間がなかった。

しかし沖縄最終日、帰る飛行機まで時間があった。

沖縄が初めてだという編集H氏が「国際通りに行きたい」というので、私たちは空港に向かうまでの間、土産を見ることになった。私はせめて女主人に挨拶だけして帰ろうと思い、国際通りで会社への土産物を買うというH氏と別れて一人、店を探した。

国際通りは同じような店が並んでいるので、目印といえば終点の三越〔二〇一四年九月に閉店〕や市場くらいで、目当ての店を探すのがとても難しい。しかも女主人の店は小さく地味なので、私はいつも何度か通り過ぎてから見つけるのが常だった。

「いつものことだから」と思い、気ままに何度か通りを行ったり来たりして店を探したのだが、どうしたことか、まったく見つからない。

三度目に通るときは、とりあえず焼き物を置いてある店に片っ端から入ってみたのだが、見覚えがあるのは古ぼけたシャツ屋か、宝石店しかない。

土産物屋もずいぶんと変わり、明るく安っぽくなっている。修学旅行生が行きかう中、私は四度ほど商店街を往復してみたが、とうとう、女主人の店を見つけることができなかった。

いつかこういう日がくるだろうと思っていたが、そう思うたび見つけていたので、まさか今になってと、信じられない気がした。

私が初めて訪れてから、もう二〇年以上たつ。女主人も私も、同じように歳をとったことだろう。私は学生から四〇歳の中年となり、女主人もそれなりに歳をとったに違いない。そう考えれば、今まで店があったのが不思議なくらいだ。

諦めて、国際通りにある駐車場に戻り、レンタカーに乗って編集H氏を待つことにした。パイプに火をつけ、クーラーをつけようと思ってエンジンをかけると、オーディオからシチリアを舞台にした悲しげなオペラが流れてきた。シチリアもイタリア南端の島だが、国際通りの喧騒とオペラはまるで合っていなかった。しかし私は、座席に深く座りなおして音楽を聴いていた。

やがて編集者がたくさんの土産を両手に抱えて戻ってきた。

「いやあ、すみませんでした。だいぶんお待たせしましたか」

「いや、ぼくもいま戻ったところです。目当ての店は閉まっていてなかった。とても残念でした」

「へえ。そうですか」

H氏は気の抜けた返事をした。

私はオーディオをとめ、ＣＤを抜きだしてケースにしまった。

# 十五　北国逃亡

私にはいつもここではないどこかへ、女と一緒に逃げたいという願望がある。北海道で安宿をやったらのんびり暮らせるのではないかという話から、青森の野辺地で薬屋をやろうという話まで、その時々に付き合っていた女としたものである。

それにしても、私はべつに薬剤師の免許を持っていないから、どうしてそんな薬屋などという空想が出てきたのか、なぜ青森の野辺地なのか、自分でもよくわからない。しかし北海道へ逃げるときの話だけは、やや具体的だった。

北海道の札幌近郊に、Eという町がある。私がまだ二〇代のとき、そこにある中学の英語教師が私の熱心な読者で、しばらく連絡を取り合っていたことがある。

その女と知り合ってしばらくたった頃、偶然、同じE町である殺人事件が起きた。

二四歳の女性が殺され、その死体は雪の積もった農道で犯人によって焼かれた。被害者は勤めていた会社で、一人の男を巡って三角関係にあった。そのため当初から相手の女性が疑われていたが、その時点ではまだ逮捕に至っていなかった。

この事件は当時、テレビなどで大きく報道された。知り合ったばかりの女が住む町と、同じ町で起こった事件なので驚いたのだが、やがて私はその取材のために、まだ雪の残る北海道のE町へ行くことになった。

「事件があったから、そっちに行けることになったよ」と、私が不謹慎にも嬉しそうに電話で話すと、「そう、テレビで見てびっくりした―」と、女もはずんだ声で答えた。

「被害者の知り合いとか、君の周りでいないかな」

「知り合いどころか、殺された人は同じ中学よ。私は知らなかったんだけど、友達から電話があって、後輩だったんだって」

北海道も案外狭いものだなと思った。

この全国的に報道された殺人事件が起こるまでは、一度も会ったことのない女と北海道で一緒に暮らすなどということは、冗談半分であり、E町に行くことすらいつになるかわからなかったのであるが、これにはさすがの私も運命的なものを感じたものである。

事件の取材というのは、現地ではお祭り騒ぎになっている。記者やカメラマンたちが浮足立って聞き込みに回り、夜になると居酒屋やスナックで情報交換や探り合いが始まる。まだ雑誌が元気だった頃の話で、今はもう雑誌ではそういうことはなくなったが、とにかく私は取材にかこつけて、知り合ったばかりの女のところに転がり込むことになったのである。

ルポライターといっても、私にはそう仕事がなかったし、そのまま中学教師をしている女に食わしてもらおうという腹づもりであった。東京には同棲している女がいたが、彼女にはただ「取材に行ってくる。数日は戻らない」とだけ言って出てきた。彼女に不満があったわけではない。北海道に一度、住んでみたいと思っただけのことで、生活の目途さえ立つならいいと、あまり深く考えずに出てきたのだ。私はまだ二七歳だった。何度でもやり直しができると、無意識に計算していたのだと思う。

二、三日で取材を終えた私は、東京へ戻るカメラマンたちと別れ、そのままE駅で女と落ち合うことになった。

E駅は、札幌から一時間ほど鉄道に乗ったところにある。駅前は適度に近代化されていたが、ほとんどが開店休業で、それがまた一段と寂しげだった。その日は風が強く、残雪が吹き溜まりになっていた。

初めて会うその女は、可愛げのない猫のような顔をしていて、白い頬一面に吹き出物ができていた。私は挨拶もそこそこに、女の運転する軽自動車に乗った。

食事することになっていたので、私はてっきり居酒屋か、彼女の知っているレストランにでも行くのだと思っていたのだが、軽自動車が着いた先は、一皿一〇〇円の回転寿司チェーンの店だった。

北海道は、店を選べば回転寿司屋の方がおいしいくらいで、かえって普通の寿司屋より高くついたりするのだが、一皿一〇〇円で本州にも店を出しているチェーン店だったので、私はびっくりした。しかし女は一向に平気なので、仕方なしに私は女の後から一〇〇円寿司屋に入った。

とはいえ一皿一〇〇円の回転寿司屋は、私も常連の部類に入っていた。だからべつに構わないのだが、初めて会う女と食事するには、あまりに所帯染みており、遠慮のない関係の人と行く部類の店だから、ちょっと驚いたのであった。

しかし女は一向にかまう気配がなく、手慣れた調子でいくつかの回っている寿司を取るのだった。それで私も「あ、それぼくも」とか、「サーモン一つ」などと、女に注文してもらったりした。

追々わかってくるのだが、女はたいへんな吝嗇家《りんしょくか》で、給料のほとんどを貯金に回しているのだった。ひとしきり無言で食べ終わると、女は「アパートに行きますか」と言った。「そうだね」と頷くと、「公務員宿舎だから、見られたらまずいので、別々に部屋に入らなきゃ」と言う。ひとまず、私は女のアパートに落ち着くことにした。

別々に部屋に入って、まず驚いたのは、ひどく寒かったことだ。女は暖房代も節約していて、留守のときは石油ストーブも止めてしまい、付けてもずっと「弱」であった。

北海道の人はセントラルヒーティングで、部屋ではTシャツ一枚で過ごしているものだと思い込んでいたので、これには不吉な感じがした。それで「寒いから、もっと火をつけようよ」と言うと、女はぶつぶつ言いながら、少しだけ火を強くした。しかしまだ寒いので、無言の抗議のつもりで、コートを着たまま畳に座った。手洗いに立ったときふと見ると、洗濯機の中には汚れた衣類が水に漬かったままにしてあり、表面には氷が張っていた。

それからの数日、私は女のアパートでごろごろして過ごした。私がこっそりストーブの火を強くすると、やがて女が気づいて弱くする。そうしたイタチごっこ以外は、特に不満もない。ただ女の出してくる料理は全て作り置きしておいたもので、いつも冷たかった。私は女の車でコンビニに行き、カップラーメンを買ってしのいだ。

あるとき、布団の中で女がつぶやいた。

「私ね、本当は付き合っている人がいるの」

「そうか……」

私はあまりガッカリしなかった。

「でも、その人は結婚していて、子供もいるの」

「じゃあ、不倫かい」

「年も二〇くらい上」

　学校で撮ったという写真を見せてもらったが、意外にも頭の禿げ上がった五〇代くらいの地味な男だった。同じ中学に勤める社会科の教諭で、学校では生徒に人気があるという。

「教師同士の不倫って、ここじゃけっこう多いのよ」と、女は物知り顔で言った。

「彼、セックスが凄いのよ。私が生理のときも、せまってくるの」

「ふーん」

「それから子宮に出来物ができて、それを取る手術をして安静にしてるときも、迫ってくるの。ひどいと思わない？」

「それはひどいね」

「あと、性病。クラミジアっていうの。それもうつされたの。淋病も」

「その人は風俗が好きなのかな。エイズは大丈夫かい」

「それは検査したし、向こうにもしてもらったわ。でも、もう別れようと思って。彼はすごい反対してるけど」

「それでぼくが代わりに、というわけか」

「そういうんじゃないけど。あなたは特別な人だから」

「でも、ぼくも子供はいるよ」

「でも、こっちで一緒に住んでくれるんでしょう?」

「まあ、そのつもりで来たんだけど……」

「やっぱり私って、駄目かな」

いつの間にか、私は女に背中を向けていた。

「駄目ってわけじゃないけど、あなたはどうしてそう、不幸な方へいこう、いこうとするの」

「べつにそう思ってるわけじゃないけど。ただセックスが好きなだけ」

「じゃあいっそのこと、教師やめて風俗嬢にでもなれば」

面倒になった私がそう言うと、女は「そんなこと言ってくれた人、初めて」と言った。私は突き放して言ったつもりだったのだが、女は「それもいいね」と、納得しているのだった。

いろいろな人に話を聞く仕事をしているので、わりあい人に合わせられる方だと思い込んでいたのだが、これほど合わせられない人もいるのだなと私は思った。しかし、北の果てでこの女に食わしてもらいながら、逃げつづけなければいけないのだと、強引に思い込むようにした。

そんなある日、女は学校のクラブがあるからと、朝から出かけていた。私はテレビを見ながらぼんやりしていたが、その瞬間、無性に東京に帰りたくなった。すると、ふいに請け負っていた原稿の締め切りがせまっていたことも思い出し、さらには自由に居酒屋やコンビニなどに行きたくなった。このアパートの周囲には、ただ住宅と林があるだけで、居酒屋やコンビニはもちろん、酒屋すらない。女の車がないと、どこにも行けないのは何とも不便であった。

ここにきて、そろそろ一週間ほどたったたと思っていたのだが、実際にはまだ三日しかたっていなかった。着替えだけの荷物をまとめると、私は女のアパートから出ることにした。あれこれ考えて、何か書き置きをしていこうと思ったのだが、何も書くことがない。

ふとテレビの横に、茶色の封筒があるのが目についた。中身を見てみると、一万円札が三枚、入っていた。そのうちの一枚を引き抜くと、私はカバンをもって寒風の中、アパートを出た。

アパートの前の小道は凍り付いて、つるつる滑って危険だったが、道路に出ると融雪剤が撒いてあるのか、氷雪もなくなり歩きやすくなった。通りがかりの人にE駅の方向を訊くと、バス停の場所を教えてくれた。

E駅へ向かうバスに乗りながら私は、正直「助かった」と思った。E駅から新千歳まで行き、空港で飛行機の当日券を買って、私は東京へと逃げたのだった。東京のアパートに着くと、何事もなかったかのように「ちょっと時間がかかってね」と、同棲していた彼女に言い訳した。夜勤明けで疲れていた彼女は、「そう」とだけ答えた。余計なことを言わずに出てきてよかったと私は安堵した。

数日後、女から携帯に「一万円」という、一言だけの不気味なメールが届いた。

さらに例の事件の容疑者が拘束されると、「私の父は、容疑者の担任だった」というメールもきた。女の家は教師一家で、両親ともに教師をしていることまでは知っていたが、父親が逮捕された容疑者の担任をしていたというのだ。もちろん、それも無視した。バツが悪いのとあまりに恐ろしくて、返信できなかったのである。

確かに一万円の件は悪いことをしたと思っているが、ただ、三日間で女に遣ったのがそれくらいの金額だったのと、帰りの飛行機の割高な当日チケットを買うのに必要だったのである。正直いって、北海道にまできているのに暖房をつけてくれない女に、殺意にちかいものを抱くようになっていた。それだけの仕打ちをしたくなるような、妙な気を起こさせる女だった。

それに殺人事件の容疑者が、自分の父親の教え子だという話も、どこまで本当なのかわからなかった。もし本当だとしても、女はそのことを口実にして、私と父親を会わせようとしているのではないかと疑った。すると女にまつわる全てのことが、E町で起きた殺人事件と重なり、私は自分のした悪行は棚に上げてそら恐ろしく思え、とても返事をする気になれなかったのである。

その後、E町で起こった殺人事件は、被害者と三角関係にあった女性が逮捕されて、一応は解決することになった。

「一応は解決した」というのは、逮捕された女性が、冤罪を訴えていたからだ。確かに曖昧な証拠ばかりで、その女性が犯人だと特定できる直接証拠は一つもなかった。支援団体も結成されたのだが、結局は認められず、女性は懲役一六年を言い渡され、投獄されたのであった。

あれから事件はどうなったのだろうか。気になってネットで検索してみると、女性が出していた再審請求は、事件から一四年たった昨年、却下されていた。冤罪を訴えていると反省がないと見なされるから、彼女は懲役一六年満期で釈放されることになる。その後釈放された彼女は、いまも冤罪だとして再審請求を続けているという。

いま思えば、私はすでに当時から、大阪に妻子を置いて東京へ逃げてきていたのだった。だのにそのうえ、どこへ逃げようとしていたのだろうか。自分のおかしした罪の苦しまぎれに、指名手配犯のように逃亡に逃亡を重ねようとしていたのだろうか。

しかし、私がそのことに気が付いたのは、この原稿を書いているここ最近のことである。

# あとがき

これまでしてきた旅のエピソードを書かないかと誘ってくれた編集者Ｓ氏と初めて会う日、ひどいことに私は、その約束をすっぽかしている。

前夜に四〇〇錠の睡眠薬を飲んで自殺未遂を起こし、病院に運ばれていたからだ。それは二〇一一年のことで、それでも彼は呆れることなく、この短編の連載を数年にわたって辛抱強く伴走してくれたが、やがて私の怠惰に呆れて去っていった。しかし、それはまた後の話である。

自殺未遂者として運ばれてきたため、迎えにくる人が決まるまでは、病院のベッドに拘束され、退院できないでいた。そのとき付き合っていた女は、私を薬物中毒へと引導した人であったが、一度見舞いには来たものの、この小さな事件に恐れをなしたのか以後は連絡が途絶え、それきりだった。しかし私は自分の脆弱さと、起こしたことの重大さを理解していたので、女を恨むというよりは、ただ退院できないので困り果てていた。

そんな私を引き取りに来てくれたのは、偶然そのとき担当だった河出書房新社の若い編集者だった。病院に運ばれてきたときの私は瞳孔反射もなく、下着も汚してしまっていたので、彼女はユニクロで替えの下着まで用意して迎えにきてくれたのだった。

己の怠惰のせいで、行き場がなくなっていたこの本の出版を引き取ってくれたのも、その人の縁で河出だったことを思えば、二度にわたって河出に身柄を引き取ってもらったことになる。「生まれてすみません」とは思わないまでも、売れてもないのに周囲に迷惑ばかりかけているひどい人間で、本当にたいへん申し訳ないと思っている。

二〇一一年から少しずつ、この本の元となる原稿を書いていた。

当初は原稿用紙三枚ほどの短いもので、漫画雑誌のすき間に掲載されたメモ書きみたいなものだったが、やがてウェブ・マガジンに連載が移ったので、いくらでも長い物が書けるようになり、少しずつこの本の原型ができていった。

二〇一五年から二年間、三カ月ずつくらい北米の旅に出ることになった後も、かの地でこの原稿を書き続けた。古いモーテルに泊まりながら会津の温泉芸者の話を書くのは、不思議と違和感がなかった。

しかし、そのやや長かった海外の旅が終わった昨年、私は身体に変調をきたし、ほぼ寝たり起きたりを繰り返すだけの生活を半年ちかくおくることになる。

旅に疲れて、などという呑気なものではなく、単に長年飲んでいた精神薬と睡眠薬の中毒症状がひどかったので仕事にならず、焦燥感から癇癪をおこして、ほとんどの薬を一気に減らしたら、激しい禁断症状がでて寝込んでしまったのだ。

禁断症状の苦しさというのは、いわゆるヤク中の禁断症状のようだと思ってもらってよい。精神薬や睡眠薬というものは、薬によっては覚醒剤よりも依存性が高いのだが、一般には秘されていることもあって意外と知られていない。私も、自分がそうなるまで知らなかった。

禁断症状に苦しんでいる間は仕事ができなかったから、生活はひどく逼迫した。仕方なく身辺整理をして車を売り、家賃四万円の町田の団地の五階に、一家三人で引っ越しをした。

昔からの団地の住人から「建設当時、この団地は五〇年もつと言われたもんだ」と教えられた。ちょうど越してきた年が築五〇年記念で、しかも「三年経ったら出て行ってもらうかもしれない」と契約書にあった。越してしまってから知ったので後の祭りであるが、道理で安いはずである。

四〇を過ぎてからの団地の五階は、玄関ドアに着く頃には息が切れた。やがて飲むのは水道水になり、コーヒーはインスタントになった。

初めて質屋にも行ったが、私が出した腕時計は三〇分ほど調べられた挙げ句、「商品記録がないから、偽物かもしれない」と、二〇〇〇円にしかならなかった。元は六〇万ほどしたものだが、もはや六〇万もの腕時計をしていくような場所に出入りしなくなっていたから、私にとっては無用の長物だ。

とはいえ、さすがに二〇〇〇円で売るのは忍びなく、何らかの骨董的価値でも出るかも知らんと、後生大事にとっておくことにした。その新宿の質屋からの帰り道、この腕時計だけを手に、町田の団地の一室で、家族にも見捨てられて孤独死している自分を想像したりした。

本もろくに買えないから、編集者から新刊の情報を得て、内容を聞くだけで読むことができなかった。私は書庫から出した古い文庫本を読み返すことで、かろうじて活字にしがみついていた。少し前まで薬物中毒によって活字を追うのが苦しくなっていたことを思うと、自由に本が読めるようになっただけでも僥倖であった。

『路地の子』という本が少し売れたので、禁断症状が抜けてきた私は、その金をもって旅に出ることにした。もうかれこれ一年ほど旅に出ていなかったし、その間の半分は寝込んでいたから、旅に出たくてしょうがなくなっていた。このような新鮮な思いになったのは、実に学生のとき以来だったと思う。

思えば私は、苦しい旅ばかりを続けていた。学生時代は徒歩の旅で、ただひたすら耐えるだけのものだったが、若かったからこれは少しも苦に感じなかった。社会人になってからは、人の話したがらない不幸話ばかりを聞いて回り、夜は酒量が増えて二日酔いを繰り返していたから、「旅が面白いと思ったことは一度もない」と、自分で思い込んでしまっていたのだ。好きなことを生業にした人が、ときに陥る迷路のようなものだ。

しかし半年ほど寝込んでいたのが休養になったということもあり、やがて薬が抜けて本来の自分が戻ってくると、私は無性に、旅に出たくなった。

それがたとえ、人の不幸を訊ねて回るような下衆な旅であったとしても、旅にすがってしか生きられない性分であり、どのような旅でも出てさえいれば、自分は正気でいられるのだと初めて気がついたのだった。

この本は、書き始めてから出版されるまで七年ほどかかったことになるが、ちょうどその期間は、睡眠薬と精神薬の中毒になっていた時期と重なる。だからべつに推敲にそれだけの時間がかかったわけではなく、ただ私の調子がなかなか戻らず、周囲に迷惑をかけた結果であり、そのほとんどを私は怠慢に過ごしていた。それなりの事情があったとはいえ、無為な時間を過ごしてしまったことを後悔している。

薬が抜けた現在の、明瞭な頭で読み返してみると、よくこれだけ己の恥をだらだらと書き連ねることができたものだと思う。

私の自殺未遂は、大量投薬によって抑制がとれたためだと後に判明したが、この本もまた頭の抑制がとれた状態だったからこそ、ここまで書くことができたのだろう。その頃の私は、確かに気が違っていた。

二〇一八年七月

上原善広

＊本書は、上原善広〈日本の路地裏〉（双葉社ｗｅｂ文芸マガジン『ＣＯＬＯＲＦＵＬ（カラフル）』連載）を加筆の上まとめたものである。

## 上原善広

（うえはら・よしひろ）


1973年、大阪府生まれ、大阪体育大学卒業。2010年、『日本の路地を旅する』（文藝春秋）で第41回大宅壮一ノンフィクション賞受賞。2012年、「「最も危険な政治家」橋下徹研究　孤独なポピュリストの原点」（現・新潮45 eBooklet）で第18回編集者が選ぶ雑誌ジャーナリズム大賞受賞。『一投に賭ける　溝口和洋、最後の無頼派アスリート』（KADOKAWA）でミズノスポーツライター賞優秀賞受賞。他に、『被差別の食卓』『被差別のグルメ』『異形の日本人』（いずれも新潮新書）、『私家版差別語辞典』（新潮選書）、『発掘狂騒史』（新潮文庫）、『異邦人』（文春文庫）、『路地の教室』（ちくまプリマー新書）、『差別と教育と私』（文藝春秋）、『路地の子』（新潮社）など、著書多数。

# 辺境の路地へ


二〇一八年　八　月三〇日　初版発行
二〇二三年　四　月三〇日　2刷発行

著　者——上原善広
発行者——小野寺優
発行所——株式会社河出書房新社
〒一五一－〇〇五一
東京都渋谷区千駄ヶ谷二－三二－二
電　話——〇三－三四〇四－一二〇一［営業］
〇三－三四〇四－八六一一［編集］
https://www.kawade.co.jp/
組　版——有限会社マーリンクレイン
印　刷——株式会社亨有堂印刷所
製　本——小泉製本株式会社





ISBN978-4-309-02726-5
Printed in Japan